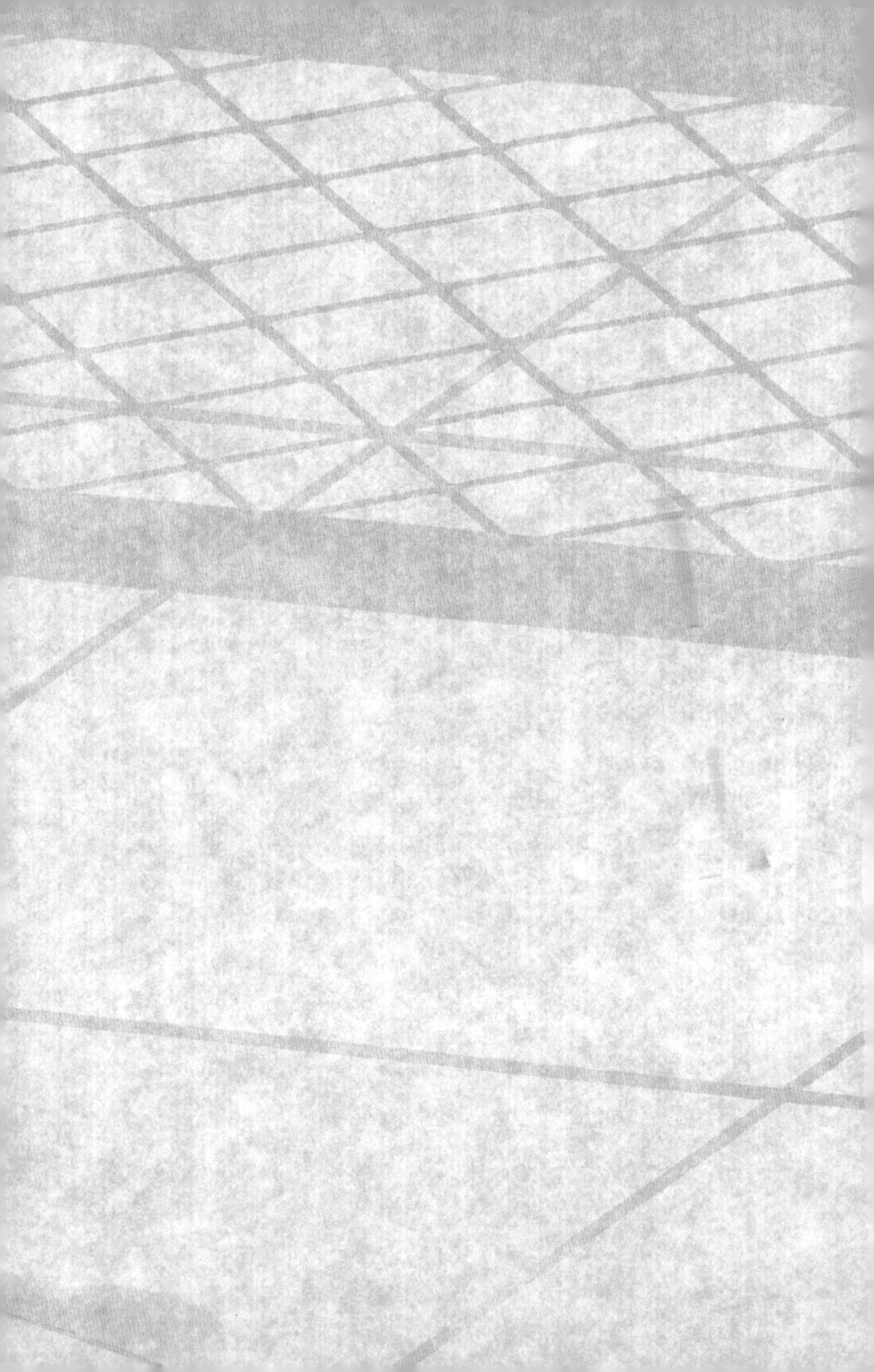

19歳のポルノグラフィ

塩野　秋
相澤茉利奈
木村風香
武田真子
船渡奏子
遠野花香
唯乃夢可
飯田みのり
川村樹澄

カバーイラスト　長乃
デザイン　西村弘美
ＤＴＰ　カレイシュ

目次

融点1886℃

塩野　秋

透明の塩素水が、セーラー服に満ちていく。肌に染みこむような冷たさに、瞼《まぶた》が震えた。耳の奥に入りこむ水の音が、身体の内側も満たすようだ。まぶしい太陽の輝きよりも、どこまでも青い空の方が、目に痛かった。青空は峰岸真理の白い肌を押しつぶすように広がっている。蝉《せみ》は、死に損ないばかりが鳴いていた。

真理はプールの真ん中で、制服のまま浮いていた。黒の襟《えり》と白のシャツ素材で構成されたセーラー服は日の光で乾き、波によってまた、カルキの海に沈んだ。

背中を押し上げる浮力に、呼吸が浅くなる。肋骨《ろっこつ》が軋《きし》む。膨《ふく》らんだ胸は、肩まで持ち上がった。

目を閉じて少しだけ、足を曲げる。真っ白な素足は、弓のような形で水中に沈む。そのつま先は最後の曲線を描く力が込められていた。全身を覆う冷たさと、歪《ゆが》む青空の青が、透明な波にかき乱される。白い泡が、自然と伸ばした指先に沿うように、水面《みなも》に浮かんでいった。

全身に広がる波の影は、まるで、彼女の鱗《うろこ》のようだった。

人魚姫。ってより、妖怪か、男を惑わす妖怪の類。

満川平良《みつかわたいら》は斜め上の、二階の美術室の窓から身を乗り出した。カルキのにおいがする、水の張ったプールの中に、イルカが泳ぐように沈む身体を見ていた。溶けていく蠟のような白い身体は、徐々に波紋が透けて、明るい青に染まった。

沈んだ身体は、しばらく黒い影のように漂って、再び浮上した。濡れ羽色の髪をかき分けて、真珠のような肌が現れた。笑った赤い唇の下から覗いた歯が、健康的でまぶしい。擦《こす》った睫《まつ》毛《げ》は長く、遠くでも表情がわかる。平良の目には、水の中の彼女がくっきりと見えた。

「サボリ？」

平良が声をかけると、プールから上がった真理は目を丸くして、頭を傾け耳を叩いた。水が詰まっているらしい。

「そっちも？」

よく通る、澄んだ声だった。まっすぐに見つめる瞳は少しだけ白い縁が見える。首筋に張りついた髪を目でなぞるようにたどると、透けたセーラー服の下に、肩にかかる細い線があり、その下に、肌の色と、淡い水色のカップが見える。

「透けてんだけど」

カーディガンで埋めた手の甲を少しずり出して、セーラー服を指さした。

「お前は見えなさすぎ」

真理は腕を交差する仕草で髪を両耳にかけ、伏し目がちに笑った。お前、という言葉遣いは、あまりにも彼女に似合わなかった。視線でわかったのか、右目の下瞼を歪めて、彼女は歯を見せた。気に食わない指摘を受けると、いつもそういう顔をする。

「ブスかよ」

平良は尖《とが》った舌を出した。

上昇気流が吹いて、平良の黒髪の下の、染めきれていない金の生え際が見えた。切れ長の目と、左耳にピアスの穴が二つ並んで空いていた。

真理はプールから上がり、細い指先で黒髪をしぼった。彼女の黒い瞳はじっと平良を見つめていた。乾ききらない頬から、水滴が流れ落ちた。瞳が充血していて、見ようによっては泣いているようだった。張りついた制服は、華奢《きゃしゃ》な身体のラインをはっきり見せるものだった。黒と白のコントラストの下に、すらりと伸びた素足の肌色があった。プールの光が映る。完璧なスクリーンだった。

「平良さあ、本当に大学いく気あるの？」

真理は透けた下着を隠すこともなく、まっすぐ平良を見上げた。

「なかったら髪染めてないし」

平良は、窓から顔をひっこめた。黒髪の頂点が、少しだけ覗いている。

真理は、瞬きだけで答えた。

「上がってくれれば」

のそりとカーディガンと腕が窓から生えて、ゆらゆらと手を揺らした。

水っぽい足音が聞こえて、錆《さ》びた扉が閉まる音がした。軽い足音が、外づけの螺旋《らせん》階段を上る。

美術室は、油絵具と水彩絵具のにおいが混じりあっていた。机や床や、いたるところに、乾いた絵具の塊がついている。

美術室の引き戸の小さなすりガラスに、人の影が見えた。南京錠《なんきんじょう》の引っかかる音がして、その隙間から、大きな目が睨《にら》むように覗《のぞ》いていた。三白眼の、長い睫毛だった。

平良は立ち上がり、南京錠を外した。すぐさま引き戸は開かれて、真理の仁王《におう》立《だ》ちする姿が現れた。平良が伸ばした腕を退《ど》けて、窓に向かって奥へ進んだ。制服は少し乾いたようで、ブラジャーの留め具はうっすらとしか見えなかった。平良は、慣れた手つきで南京錠を付け直した。

廊下に金具の音が響いて、誰もいないようだった。それもそうか、と平良は思い、窓に目を向けた。旧校舎の利用者など、部活の時しかないのだ。

日差しは強くても、熱い、とは感じなかった。隣に並んだ制服は、腕の部分はもう白く戻っていた。

「もう決めてるんだっけ、大学」

そう言った真理の髪は、まだ濡れて束になっていた。横顔がすっきりしていて、顎《あご》が小さかった。

「秋田」

と平良がこたえる。

「秋田とか、田舎じゃん、東北」

真理の瞳は、遠くを見ていた。鱗が生えそうな白い肌だな、と平良は思った。平良の指が、真理の額の生え際に触れた。

「なに」

睨んだが、振り払おうとはしなかった。

「優等生だなって思って。一度も染めなかったじゃん」

「染めてる暇なかったし、どうせ染めても落ちるから」

ふーん、とほぼ息のような声で返して、平良は指の腹で生え際をゆっくりなぞる。深く指を差し込むと、体温がじわじわと滲んだ。皮膚は小動物のように柔らかかった。

真理は綺麗だ。水泳をしていたのに、ずっと肌が白い。塩素につかりきりのはずの髪も、艶《つや》やかな黒髪のままだ。無駄な筋肉も脂肪もなく華奢に見える。背中のラインが、下手なモデルよりも綺麗だった。平良は、そのことをよく知っている。

手のひらに宿る熱は、どちらのものでもあるし、誰のものでもなかった。ただの体温かもしれない。平良はそのことはどうでもよく、ただ髪の、濡れた重い感触と熱で乾く感覚が心地よかった。

「寒がりのくせに、秋田にいくんだ」

「いくよ」

「どうしても秋田？」

「別に、どうしてもじゃないけど」

平良は真理の髪から指を抜き、窓の縁にかけた。

「俺山の方が好きだし……」

プールが波打つ音がした。時々濃い、カルキのにおいがした。薬のにおいだ。油絵を描いている時だと、どっちを嗅《か》いでも大差ないような気がした。

「真理だって残るわけじゃないし、だろ？」

隣を見ると、唇を尖らせた真理がいた。内側には少し噛んだ痕がついていて、色が濃くなっていた。髪の内側を触る白い指が、黒髪の中に隠れていた。真理は無言だった。

「沖縄、暑そー」

空に放った平良の言葉が沈黙を破った。

「いってきたけど、暑かったよ。でも空も、海も広かった。入道雲が大きくて、白くて、雲っていうより、別の、神様みたいな生き物だった」

「神様ねえ」

雲は生き物じゃないし。

沖縄の空も海も、テレビでしか見たことがない。平良の記憶にあるその空は、ただ青くて、いい天気か、嵐かの二択だった。海は、ひたすらプールの色に似ていると思った。

真理は小さい、円い缶を出した。レトロカラーの、花のイラストが描かれていた。銀色の缶の中には、不透明な結晶がいくつか入っていた。

「なにそれ」

「——氷砂糖」

口に運ぶ直前に、真理はちらりと平良の方を見た。小さな歯が、開けた唇から覗いていた。

「おばあちゃんがくれた」

いる？　と差し出された缶から、一粒手に取った。透き通るほどではなくて、本当に霜《しも》のついた氷のようだった。口に運ぶと、少しひんやりした気がした。一瞬、味を感じなかった。犬歯で表面を軽く削り、舌の上に乗せる。じわじわと甘い唾液《だえき》に変わり、砂糖そのものの、凝縮された甘さが満ちた。

「金平糖《こんぺいとう》の味がする」

「砂糖だもん、ばかじゃないの」

そう言って、真理はもう一つ口に運んだ。舌先の輝きが見えた。

口腔《こうくう》の熱だけでは溶けてはくれない。じっと舐《な》めて、減らしていく。犬歯で噛むと、細かい音を立ててすぐに溶けていった。甘さはしばらく、口の中から逃げていかない。平良は口をぱくぱくと動かし、舌を空気に晒《さら》した。乾いた甘さが張りついた。横目で真理を見ると、彼女も小さい舌を出していた。よく見ると、舌の縁は薄い歯型がついている。

「すげえ茶が欲しい」

「おばあちゃんと同じこと言ってる」

真理は脱力して笑った。傾げた首から、白い首筋が少し見えた。真理は身体を窓の縁に預けて、重ねた腕の上に頬を下ろした。

「おばあちゃんがさ、最近寂しがるんだ」

風に撫《な》でられて、黒い睫毛が軽く巻き上がった。

「せっかく同居したのに、真理はまた遠くにいっちゃうのかって」

真理は沈むように深く息を吸って、肩を上下させた。

「沖縄だからな、遠いよな」

遠いよな。その言葉が、遥か先の、空の向こうに吸い込まれた。

「私、ちょっと揺らいだよ。おばあちゃんがさ、はっと見たら、縮んでるの。記憶ではまっすぐだった腰が、ずいぶん曲がっちゃって、手も顔もしわくちゃで、口角がずっと下がってる。目なんかもずっと悪くなったみたいで、剥製《はくせい》みたいな目をしてるの。なんかすごい、ショックだったの」

「でも、沖縄にいくんだ」

「いく」

真理は小さく頷《うなず》いた。

「私、優等生じゃないんだ」

「知ってる」

平良が笑って視線を向けると、真理は右目をつぶって笑った。

「俺さ、じーちゃんもばーちゃんも知らないうちに死んでる」

平良の言葉に、真理は見開いた目を向けたが、すぐに視線をそらした。平良はふさがりかけの耳朶《みみたぶ》を触りながら、遠くに目を向けていた。

「すげえ小さいときに、もう死んでた。二人の顔も、写真でしか知らないし、葬式に出た覚えもないし。母さんに聞いたらさ、俺、葬式出てないんだって。幼稚園にも入ってないし、騒がれると迷惑だからって」

平良は窓辺から離れ、机に転がった使い古された鉛筆を拾った。絵を描くための、独特な削り方をされている、芯の鋭い鉛筆だった。

「でさ、思い出話とかだけ聞かされてて。じーちゃんが趣味だったっていう、絵を見てたんだよ。それ山の絵でさ」

平良は、尖った鉛筆を、机に空いた小さな穴に押しつけて、芯を削った。

「なんか、多分、ていうか結構影響されてんのかな。美大いくっていうのも」

平良は耳朶の裏を掻いて、緩《ゆる》めた口元から息を漏らして、言葉をきった。

「そっか」

真理が、小さく呟《つぶや》いた声が聞こえた。長いため息のあと、ああー、と長い声が続いた。

「平良の方が優等生じゃん。なんか、やだなあ」

「やだなーって、ひでえな」

顔をしかめて笑い、真理の髪を掻きまわした。髪はだいぶ乾いていて、指通りは思っていたよりもスムーズだった。真理はその手を摑《つか》み、長い髪から指をすり抜けさせた。

「やだよ」

平良の手を掴む、細い指に力を込めた。その顔は伏せられて、よく見えない。唇がきつく結ばれているのだけが、わかる。

「なんで、泣いてんの」

「泣いてないよ」

顔を上げた真理は、瞳が充血していて、長い睫毛がうるんだ縁を包んでいた。必死に表情を変えまいとして、耳が、頬が赤く染まる。浮かび上がった、薄いそばかすで、ああ少し日焼けをしていたのだな、と気づいた。平良は彼女の背中に手を回し、彼女を正面から抱きしめた。子供をあやすようにゆらゆらと身体を揺らす。

真理はカーディガンに顔を埋《うず》めながら、鼻腔《びこう》に抜ける、ワックスの香りを感じていた。何ともいえない、甘いような、合成的な香り。不透明な香りだと思った。

「真理は沖縄いって、スキューバダイビングのライセンス取って、インストラクターになるんでしょー。えらいえらい」

真理の髪に鼻先が触れた。石鹸とカルキの香りがした。

「えらくないし、ばかじゃないの」

その声は震えていて、平良の心臓に直接響くようだった。柔らかい感触、小さい身体は、引き締まっていて、身じろぐたびに形を変えた。彼女自体が、心臓そのもののように思えた。

平良は深く息を吸った。カルキと別に、彼女自身のにおいがした。陽だまりのような香りだった。

「ずっと考えてたもんな」

真理の頭に手を置いて、指を滑《すべ》らせる。皮膚に触れると、一度身体が緊張して、緩めて体勢を変えた。おずおずと見上げた瞳は、いつもよりも、幼く見えた。その顔は、普段彼女が見せる、妖怪じみた美しさはなくて、ただの女子高校生だということを伝えていた。彼女は、平良よりも小さな手を、カーディガン越しに彼の胸に当てていた。優しく押し当てられた手のひらと指先が、くすぐったかった。

「ちょっと、ドキドキしてる？」

「してる、けっこう」

平良は目をそらして、自分の耳朶をつまんだ。

真理は少し目を泳がせて、唇の端をあげて笑った。白い両手が平良の顔を摑み、首筋に爪が刺さった。

「痛ッ――」

歪めた瞳の中に、真理の整った顔が飛び込んできた。柔らかい、濡れた感触が唇に伝わる。熱っぽい口腔が、唇の端にまで通った。かちりと、前歯が当たった音がした。

唇が外れると、透明な糸が一瞬ひいて、小さな粒になって床に落ちた。平良の見開いた目の先に、紅潮した緩んだ顔を見せる真理がいた。

「平良にはそういう目で、見られてないと思ってた」

「見るよ、普通にさ」

腕の中に収めた真理の背中に手を回した。背骨のラインをなぞり、うなじに触れて、髪の中に指を潜《もぐ》らせた。

「見ちゃいけないと思ってたけど」

「なんで？」

「なんでって……」

平良は真理の顔を見つめた。白い頬に、睫毛が一つ落ちていた。親指で拭《ぬぐ》いとると、滑《なめ》らかな感触が、指に伝わる。黒い瞳がそれた時、平良は、言葉を失った。

もう、言葉さえいらないとも思ったのだ。

唇を重ねる。真理はなにも言わずに、受け入れた。氷砂糖の甘い味がした。

窓から入り込む光に反射して、舞う埃《ほこり》がきらめいた。

窓のすぐ下の床に、真理の身体は仰向けに置かれた。内側に曲げられた右足と、水の中のように広がる艶やかな黒髪が、日の光に照らされる。セーラー服の中にもぐりこんだ、骨ばった手が熱い。互いの体温が滲《にじ》んで、肌は湿っていた。真理の肌はうっすらと色づいて、手首の薄い皮膚の部分からは、細い血管が見えた。

背中の、下着のホックを外すと、真理は深く息を吐いた。指先でわかる、うっすらと残る、下着の痕をなぞると、身をすくめて、平良の身体を押し返した。

少し強張っている表情に、彼女のいつもの余裕は見られなかった。ブラジャーはシンプルな、装飾のないものだった。カップの下に手を差し込むと、柔らかく、手のひらになじむ肌があった。突起に触れると身をよじって、離れようとした。真理の背中を引き寄せて、互いの熱を押しつけた。

外気の方が涼しい。肌を晒すと、互いの隙間から風が入り込む。汗に冷える表皮を、打ち消すように、肩や、首筋に唇を落とした。風邪をひいた時のように息が熱い。その熱が移りあって、また、混じっているようだった。少しの衣擦《きぬず》れすら、唇の這《は》う小さな水音すら、耳に届いてくる。真理の胸に顔を埋めた。柔らかな感触が顔を包み、一種の安心を覚えた。

心臓の音が近い。

跳ね返る、小さな振動が、平良の頬に当たった。真理の腹に、平良の髪が触れる。少し硬めの、癖がつけられた髪だった。横隔膜《おうかくまく》の上下が、毛先から、平良の表皮に伝わってくる。熱い舌を肌に押し当てると、ふっと、その痕を風が撫でていく。

太腿《ふともも》の方に手を伸ばすと、より身体を縮めて内側に寄せた。スカートの裾《すそ》が内股に巻き込まれ、はっきりと彼女の太腿の形を現した。その上から触れると、水泳選手らしい、しなやかな筋肉がわかる弾力で、さらさらとした肌触りだった。平良が指を上下に滑らせると、身体を震わせて、平良のカーディガンの袖を摑んだ。

「こわい？」

平良が耳元でささやく。体温が高まっているのは、平良も同じだった。覆いかぶさるような体勢で、金色の生え際が見えた。真理は、うん、ともうん、とも取れるうなずきを見せて、唇に手の甲を押し当てた。

平良の指は内側に滑り、彼女の表面にたどり着いた。下着の下にもぐりこませた指は、彼女にとっての異物だ。割れ目の上で、うごめく、長く骨ばった指が、平良のものだということが、真理の頬をより熱くさせた。ゆっくりと、探るように動く指が、耳元で聞こえる呼吸に呼応する。甘いワックスの香りが、汗に混じって濃くなった。

耳朶に空いた小さな穴が、真理にはなぜか、くっきりと見えた。小さくて、ふさがりかけの穴が、どこまでも続く深い穴のように見えて、その一点を見つめている時間が、永遠のように感じた。

ふと目をそらすと、彼の目尻の、緩やかな波が見えた。潤《うる》みを持った彼の瞳を、ずっと見ていることができなかった。

首元に顔を埋めて、ワイシャツの隙間から、鎖骨の間に唇を落とした。平良の肌のにおいがした。真理が思い出したのは、イルカの肌を撫でた感触で、少し、似ていると思った。

指は割れ目を開き始めて、その側面をなぞった。滑りがよくなるのを感じて、真理は押し黙った。声は、喉だけで鳴らした。奥に入る指の感覚が、皮膚がひっくり返るかのような、羞恥《しゅうち》と快感があった。太腿の端に擦《こす》れる、制服のズボンの奥に、硬い感触を覚える。平良の瞳が徐々に、細められて、潤むのが見えた。目の端の、充血した肉の色がやけに印象に残った。

カーディガンの袖がかぶったままの手は、丁寧な動作で、真理の足を持ち上げた。ズボンはあまり引き下げず、寝かされたままの真理からはほとんど、平良の下半身は見えなかった。彼の配慮なのか、偶然なのか、わからなかった。全身が熱くて、汗は体温に混じって、表面が溶けているようだった。彼自身が入り込んだ、という感覚は、強烈で、脳に血が密集していくようだった。赤い、熱い、痛い、が、交互に巡るようで、同時に重なっているようで、下腹部に苦しさが満ちていった。

「い……」

小さな声は喉元で押し殺された。目の端に、涙が一筋流れていった。いたい、と、言えなかった。言ったら、平良は、やめてくれるから。真理はわかっていた。覗き込む瞳が、彼女の顔をうかがう色を見せていた。真理は、右目を歪めて笑った。首をゆっくりとそらせて、首筋をはっきりと現した。髪の毛がかかり、張りついた。平良は額を拭って、真理の身体を抱きしめた。

起き上がった真理は、平良の腕の中に再び収められて、彼の上に乗っていた。向き合う形になった、太腿に一筋、赤い色が見えた。薄めていない絵具のような赤さが、薄い部分から徐々に渇こうとしていた。粘り気のある水音が、美術室に響いた。尾骶骨《びていこつ》がむずむずとして、動かれるたびに、真理の身体は崩れていった。呼吸は徐々に荒くなり、喉元で声は、収まらなくなった。

「痛い？」

「い、たくない」

彼女の顔は歪んだ。苦痛と、切なさが入り交じったような顔で、凛とした顔立ちは、徐々に見えなくなっていった。歪んだ顔は、彼女とはまったく別の生き物のようで、平良は不思議な気持ちになった。ああ、とわかったのは、初めて見た表情だから、と気づいた時だった。

「なに、笑ってんの」

真理は眉間《みけん》をひそめて、掠《かす》れた声を出した。

「ブスだなって思ってた」

真理は、平良の言葉に目を見開いて、下唇を噛んだ。カーディガン越しに握る手が、強くなったのを感じた。

「誰にも見せられない顔だよ、そんなの」

平良は、彼女の首筋に顔を埋めた。汗と、プールと、どこか甘いにおいがした。彼女がうごめくたびに、平良の自身も、ひどく反応した。鼻から漏れる吐息が、甘ったるくて、自分のものではないような気がした。思考がどんどん薄れていきそうで、目の前の、真理の表情すらも、覚えておけなくなりそうだった。

カーディガンの生地が肌に擦れるたびに、身を反応させる真理の表情は、花火のような細かさを見せた。手の甲で抑える声は、ひゅうひゅうと言っていて、その高い周波数の声が、平良の鼓膜を刺激した。

「たいらっ、平良」

そう彼女が呼んでいることに気がついて、真理に顔を寄せた。真理が平良の背中に腕を回して、強く抱きしめた。彼女の体温は高く、胸の鼓動は早かった。唇は、身体は、震えていた。

泣いているのは、なんでだろう。

平良の頬に、一つぶ滴《しずく》が落ちた。耳元で、鼻をすする音が聞こえた。痛くて、早く、と言っているように思えた。

真理……そう、言ったのか、思ったのか、わからないうちに、真理も平良も果てていた。


開け放した窓から、温《ぬる》い風が吹き込んだ。汗に冷えた身体には、寒いくらいの風だった。平良は、ハンカチを筆洗い場の水で濡らしていた。机に腰かけた真理は、内腿に伝う、白濁と、それに混じった赤い血の色を見ていた。時計の秒針がやけに大きく聞こえて、まだ、動いていたのかと、平良はぼうっと思う。

「初めて?」

平良の言葉は、温い突風に溶けて消えた。カーテンが強い風にあおられた。飛び込んだ風は、真理の長い髪を揺らした。

真理は答えなかった。机をひっかく音だけが聞こえる。平良は、ハンカチの水気を絞って、指先の水を払った。真理のもとにゆっくりと向かい、ハンカチを彼女の内腿に当てた。びくりと身体を反応させたが、平良と目を合わせると、大人しく、彼に世話をさせた。白と赤は、同時に拭き取られていった。ぬるっとした感覚が、四つ折りのハンカチでもわかる。一度、折りたたんで、綺麗な面でもう一巡した。血の跡は、足の甲まで降りていて、爪の縁はもう渇いていた。

もう一度水道でハンカチを洗う。水に触れると、褐色は流れ出して、血の色に戻っていった。人そのもののにおいがして、悲しいような、腹が痛むような、複雑な気持ちだった。

「なんだか、変な感じ」

真理はぽつりと呟いた。

「平良が私と分離してる」

そう言って、平良に顔を向け、吐息を漏らして笑った。

「なんか、どうなの、その言い方」

「さっきまで、一つの生き物みたいだったのに。私が平良の一部で、平良が私の部だったよ」

真理はゆっくりと机から脚を下ろし、床の下着を拾い上げた。つま先を通して、慎重とも言える動作で、彼女は元の、綺麗な姿を取り戻した。

頬の赤みはまだ引かず、はっきりとした瞳は、黒目がちに見えた。真理は、まだ濡れている平良の手を取った。

「連絡してよ。私もするから」

「うん」

「今の時代、ネットが発達しててよかったね」

「うん」

平良が真理の頭に手を置くと、彼女の方から胸に頭を預けた。

「平良、好きだよ」

「俺も好き」

好き、という言葉は、どこまでが恋愛のためにあるのだろう。

平良は、真理の白い肌を見ながら考えた。彼女の好きは、あまりにも、清潔すぎる気がした。もう彼女は、いつもの正しい彼女だった。きっと四年もしたら、彼女の白い肌は小麦色になっていて、髪も少し、痛むかもしれない。水泳部のエースだった、彼女の後ろ姿は、白い神様のような入道雲とともにあるだろう。

「海を描きたくなったら、会いにいくよ」

彼女は平良の顔をじっと見た。見つめる彼女の瞳はガラス細工のように繊細で、強い光を反射している。開きかけた唇の赤さが際立って見えた。

真理はなにも言わないで、微笑んだ。華奢な肩をすくめて、頷いたようにも見えた。

セックスが恋愛をあらわす愛情というなら、まさに今、自分たちは恋人なのだ。それが正しい見解で、世論で、合意だ。

一つの、生き物。

そういうものが、真理の望む愛の形なのか、望まれていることなのか、平良にはわからなかった。

恋愛は、ずっと二つだ。二つの生き物が、一つになろうとするのだ。なのに、真理と自分は、もうすでに一つの生き物で、今日それが確かめられた。それだけのことのように思える。

真理の髪は、軽やかに揺れた。その黒髪に、指を絡める。触れ合った面の体温は、一つになるための融解温度のようだ。一つになる。遠くにいても、そういられるように、真理の一部は、自分であると、言えるように。

視線の先の床に、つぶれた円い缶が見えた。飛び出した氷砂糖の一つは粉々になっていた。

廊下をばらばらに歩く音が聞こえた。もう、放課後の時間なのだ。美術部も、活動が始まる。

「――どうしようか」

行為がばれるかわからないが、サボったことには違いない。顧問が来てしまえばわかるだろう。少しばかりの気まずさがあった。平良が真理の顔を覗き込むと、真理は、小さく唇の端を持ち上げた。

「いちかばちか、飛んでみる？」

真理は窓の外を指さした。目下には、輝くコバルトブルーのプールがあった。

「プールに？」

平良が呆れたように口を開くと、真理は右目を歪ませて、平良の手を取った。背後には、明るい女子の声が聞こえた。鍵がもうすぐ開けられる。

「水深三メートルだから」

窓に足をかけて、真理は、プールの真ん中を目がけて、飛んだ。引きずられるように、バランスを崩しながら、平良は落ちていった。

水しぶきは大きく跳ねて、美術室の扉を開けたばかりの部員は、空いた窓の方に集まった。白い泡が立ち上がる、プールの波打つ様子をじっと、見つめた。

制服の白が透けていく。艶やかな黒髪が、水中に揺らめいた。ゆったりと立ち上る真理の姿が、微笑みが平良の目に映った。思わず口を開くと、プールの水が入り込む。甘い味がした。溶けだした、真理の味かもしれない。

水の輪を映す彼女の白い腕が、ゆっくりと差し伸べられている。袖から、不透明な欠片がこぼれ落ちた。溶けない氷砂糖は、平良のカーディガンに引っかかり、水の泡にさらわれていった。欠片だけでも持っていこうと、平良は笑って、彼女の腕を摑んだ。

スモーキー・オーガズム

相澤茉利奈

今日もこの熱は私の元へと届かない。彼の熱は、想いは、寸前で二人を阻む壁にぶつかって押し戻される。

もどかしそうに見つめる私の視線に気が付いたのか、意地の悪い表情を浮かべながらこちらを向いた。壁となった半透明のソレを手に取って逆さにすると重力に沿って中に溜まっていた彼の熱が零《こぼ》れ落ちてくる。温かな液体を舌で掬《すく》って舐《な》めとる。形容しがたいその薫《かお》りは未《いま》だに慣れずとも、受け止めることが叶わなかった命をこうして体内に流すことは一種の贖罪《しょくざい》の形だった。そんな私を見て「犬みたい」だと彼が言うので皮肉めいて笑い返す。その真意が伝わらなかったのか、彼は眉を顰《ひそ》めて背中を向けた。私とはまるで違うがっしりした大きな背中がそこにあった。その背中に残る赤に変わりつつある白い線が生々しく行為の跡を示していた。

事の余韻に浸りながら横たわる私を尻目に身体を起こすと、スーツの内ポケットから煙草とライターを取り出して座り直す。安物の百円ライターがホテルのライトを透過させて淡くオレンジに光る。底に数ミリほど残ったオイルが小さく音を立てて揺れて、終わりが近いと告げていた。

「先生、またそれ吸うの」

振り向きもせず、煙草を咥《くわ》える。カチカチと数回音を立ててようやく点《つ》いた火を近づける。深く吐き出した白煙が少し苦く薫った。先生が無造作に机に置いた濃紺のパッケージを手に取り、中から一本取り出す。そっと咥えてみると、白煙とは違う仄《ほの》かに甘い薫りがした。

「こら、お前何やってるんだ」

ひょいと煙草を取り上げられる。私の咥えた部分がほんのりピンク色に染まっていた。フィルターのないソレは私の乾いた口内にへばりつき、黄金色の葉っぱを落としていった。ぺっぺと吐き出し、顔を歪《ゆが》ませる。彼はホテルに入る前に購入した５００ミリリットルのペットボトルを私に渡し「馬鹿者」と罵《ののし》る。その言葉に口を尖《とが》らせると額を軽く弾《はじ》かれた。痛いと言って少し睨《にら》むと、ペットボトルを取り上げて高く上げるので「意地悪」と叫んで手を伸ばした。先生は呆れた顔で溜息をついた。

「子供には早い」

「18だよ、もう大人だもん」

手にしたペットボトルの蓋《ふた》を開けながら頬を膨《ふく》らませ見上げた私に「まだ子供だ」ともう一度告げる。灰色に侵食されつつあるソレを灰皿の上で軽く叩いてからもう一度咥える。私はペットボトルから流れ込む穢《けが》れのない刺激で口内を洗いながら煙草を嗜《たしな》む先生の横顔を見つめていた。

吐き出された白煙の薫りを感じようと大きく息を吸う。独特の薫り、鼻腔《びこう》を通ったあとに喉の奥に残るほんのりとした苦味。大人の味。あの甘い薫りが火をつけることでこんなにも苦味を孕《はら》む大人の薫りに変わる。先生に初めて恋をして、セックスをした。甘い恋が大人の味に変わる過程をこの煙草の薫りに重ねながらもう一度息を吸い込んだ。私の周りで煙草を吸うのは先生だけ。だから煙草の薫りは先生の薫り。肺一杯に吸い込んだ副流煙に噎《む》せ返りそうになりながら、共有した薫りに悦びを感じた。彼はそんな私に気が付くことなく煙を燻《くゆ》らせる。先までの行為の間は先生と生徒という関係性は全く感じさせないほどに対等で、大人と子供なんてことはどうでもよかった。それなのにいつだって最後は「子供」だからと逃げるのだ。その子供に手を出したのは先生のほうでしょう。

「ねえ先生」

何もない壁をぼんやりと眺《なが》めて、煙草をふかす先生の横顔に呼びかける。首だけこちらに向けてそれに応えた先生に私は訴える。そのままそっと頬にキスをしていたずらっぽく笑いかけた。午後になって少し髭《ひげ》の伸びた先生の頬は十代の唇をチクチクと刺激する。ちょっとくすぐったいその刺激さえも愛おしく感じてもう一度口付けた。

先生は私を見て一瞬驚いたように目を見開き、また先と同じように呆れた顔をしたかと思えば今度は困ったように眉を下げた。くるくると変わる表情になんだかおもちゃのようだなと思いながら先生を見ていると、最終的には顔を逸《そ》らし、空《あ》いている左手で私の目を隠した。なんとなくその手を振り払うことができなかった私はそのまま聞き返す。先生の熱が手のひらからじんわりと伝わってくる。熱いよ、先生。少しだけ顔を下に傾けて隙間を作る。追いかけるように少し離れてしまった手のひらを私の顔にもう一度押し当て、そのままベッドに押し倒される。折り畳んだままの脚が痛いとか、やり場がなく空《くう》を切った左腕がベッドから落ちたとか、そんなことを考えながら訪れる感触に酔いしれた。

いつもはクールで口数の少ない先生の必死な息遣い。少し熱っぽい吐息。これを知っているのは、教室で先生の授業を受けている生徒の中で私一人だけ。そんな特別感が好きだ。教壇に立って難しい数列を並べているその唇から零れ落ちる熱をクラスメイトは知らない。皆がこんな先生の姿を知ったらどう思うのだろう。

先生の唇が私の唇から首を伝って鎖骨を滑《すべ》り落ちる。啄《ついば》むように何度も繰り返し口付けていく。私を「子供」だと言い切る先生のほうが、今はうんと子供っぽいと伝えたらどんな顔をするのだろうか。とはいえ口から零れるのは意味を成さない音だけで先生に表情も言葉も届かないのだった。

瞳を開けても映るのは少し雑に閉じた指の間から漏れる蛍光灯の光だけ。歪んで揺れる光を頼りにしても先生の表情は読めなかった。ぼんやりと頭の端で折り畳んでいた脚の感覚を思い出したころ、ゆっくり身体にかかっていた圧が消えていくのを感じた。視界を奪っていた先生の手が優しく瞼《まぶた》を撫《な》でるように離れていく。思わずその手を摑《つか》み捻《ひね》るようにして引き寄せる。外側から二番目の指の付け根にそっと口付けて、先を見上げると数秒振りの光に目が追い付かず、先生の表情は全くわからなかった。

「送るよ」

目線を合わせることなく告げた先生の声は、少し掠《かす》れていた。

まだ少し明るい空の下、先生の運転する車内で後ろの席から彼を見ている。隣に座ることは未《いま》だ許されていない。私たちは「先生と生徒」で「大人と子供」。「男と女」になれるのはあの空間だけだ。座り心地が悪く、スカートを直す。芳香剤の匂いの中でふわりと苦い薫りが鼻腔をくすぐった。甘くて苦い、先生の薫り。

「制服、先生の薫りがする。付き合っているの、匂いでばれちゃうかもね」

前方から動揺したように揺れた声が聞こえてくる。ゆらゆらと蛇行して、後方から迫る車にクラクションで喚起を受ける。

「安全運転してよ。いくら私を一番安全な運転席の真後ろに乗せていても事故を起こしたら意味ないんだから」

「わかってるよ」

「私のお父さんは怖いわよ」

「ちょっと黙ってなさい」

眼鏡を指で押し上げ、情けない背中を見せる先生に適当な返事を返して座席にもたれる。丁度赤信号で停止したのは公園の前で、午後三時過ぎの暖かな陽気の下で数人の子供たちが楽しげに笑っていた。鬼ごっこをしたり、砂場で山を作ったり様々な遊びをしている子供たちをお母さんと思しき大人たちが幸せそうに時には心配そうに眺めていた。いいなあと零れ落ちたのは完全に無意識で、聞き返されるまで声を発していたことすら気が付かなかった。

「子供」

窓をトントンと叩いて外へと視線を促す。目をやり、なるほどといったように頷《うなず》く先生の後頭部を見つめる。「青」と言って前を指さす。少し慌てたようにアクセルを踏んだ先生に「先生との子供が欲しい」と告げたらどんな反応をするだろうと思ったが、今度こそ本当に事故を起こしかねないのでぐっと心の中に留めておいた。

先生の吸う煙草の煙を浴びた制服に少しずつ薫りが移っていく。染みついた薫りは蓄積され少しずつ濃厚さを増していく。さながら燻製《くんせい》のようだと思った。まるで先生自身が私を侵食していくようで、その薫りを消してしまうのが勿体《もったい》なく感じる。親や友人に非行を疑われても、実際、私は主流煙を取り込んだことは一度もない。なんて開き直るものの、この薫りを辿って二人の関係が漏れ出すことを先生は良く感じていなかった。

「いい加減クリーニングに出すとか、消臭剤をかけるとかしたらどうなんだ。担任団での会議でもお前の名前が度々挙がるようになってきているぞ」

「この薫りは先生のせいなのに」

先生の咥えた煙草を優しく弾く。灰が小さく舞って雪のように空気中を漂った。

「先生が禁煙したら万事解決じゃないかな、健康にもいいし」

「俺の嗜好《しこう》をお前の判断で禁じるな」

禁じませんよ、寧《むし》ろ私は大好きなのだから。口に出したらまた怒られてしまいそうだったから、代わりに背中から抱き着く。行為の後で互いに一糸纏《いっしまと》わぬ姿故、火照《ほて》ってほんのりかいた汗でしっとりと吸い付くように腕に収まった。先程新しく付けてしまったひっかき傷に舌を這《は》わせ、そのまま首筋に触れるだけのキスをする。ここに跡を付けるのを先生が嫌うのは知っているから、強く吸うことは絶対にしない。

「先生、明日休みでしょ。もっかいしよ」

吸いかけの煙草をとりあげ灰皿に置いて、上半身を捻って覆いかぶさる。先生は三十路《みそじ》だけどこっちはまだまだ若いんだから。とはいえ先生より若い人と身体を重ねたことがないから比較はできないけれど。

先生の大きな手のひらが私の肩を抱く。手も足も身体も何もかもが私よりも大きくて、そんな先生の前だと私はまるで小鹿のよう。先生には笑われてしまうかもしれないが、捕食されてしまいそうだと思うことがある。それでも怖いと感じたことがないのは、その大きな手が優しく壊れ物を扱うかのように私に触れるから。大きさとは裏腹に丁寧で繊細に触れるから、怖さなんてどこかに吹き飛んでしまうのだ。

「先生、来て」

手を伸ばして肩を引き寄せる。こうすると先生は動きづらそうに身をよじるけれど、触れている面積が大きいほうが先生を感じられて安心する。先生が先生であり続ける時間の中で、こんなにも彼に触れることができるのは私だけ。彼を感じ、彼を感じさせられるのは私だけという優越感が私を包んだ。

「待て、焦るな。生じゃだめだ」

「どうして」

「お前はまだ「子供」だから」

ふと、手を離した。切羽詰まったような熱い呼吸が少しずつ落ち着いていく。

「どうして」

私が生徒だから、未成年だから。そんな言葉はもう聞き飽きた。私たちが先生と生徒でなかったらよかったのだろうか。0・01ミリの壁すら厚く感じる。私たちを阻《はば》む存在なんて必要ないと思っていた。

「俺は、お前の人生の責任を取れない」

目線を逸らしてそう言う先生の姿は、今まで愛してきた彼と別人のように見えた。なんだか切なく感じて、先生の肩を軽く押した。一瞬私の力に反発するように重心をかけた。そして私の力に身を任せるように離れていった。

「ごめん」

謝罪の言葉なんて聞きたくなかった。聞こえなかった振りをして、先生に背を向ける形で寝返りを打った。夢だったらいいのに。これが、悪い夢ならいいのに。頬を抓《つね》ってみると痛みは確かにそこにあった。

制服の袖が大分擦《す》れてきた。セーラーのラインがほろほろと解《ほつ》れ分離しつつある。ほんのり黄ばんだ白のラインに先生との逢瀬《おうせ》の長さを感じた。隣を歩く友人を見ると濃紺の生地の上を白くまつり縫いされている袖から中に着込んだ白いセーターが顔を出している。校内でカーディガン着用禁止という校則のせいでダサい着こなしを余儀なくされる中、私も例に漏れず解れた袖から灰色のセーターを着込んでいる。

そういえばあの日から先生に触れていない。以前から校内では親しげに会話することはなかったが、たまのメールのやり取りも休日の逢瀬もないのは初めてのことだった。振り返れば今まで殆《ほとん》どが私発信であり、先生から声をかけてくることは少なかったように感じる。無意識下であの日の言葉が私の中で先生との距離を取ってしまっていた。

「責任取れないってなによ」

先日の発言がフラッシュバックする。

教科書を抱えたまま友人が不思議そうにこちらを見る。なんでもないの、と愛想笑いをして取り繕《つくろ》う。教室移動途中の廊下で、大きな三角定規を小脇に抱えた先生とすれ違う。先生からは、煙草の薫りではなく柔軟剤の甘い薫りがした。

職員室に呼び出されることは予測できていた。以前先生が言っていた件だ。ただ一つだけ予測できなかったのは、案内されるままに訪れた応接室に父親がいたことだった。

「うちの娘が非行をしているようなのですが」

珍しい父親のスーツ姿。お気に入りだという青の縞模様のネクタイが相変わらず似合わない。目元の皺が今日はより一層濃く感じる。工事現場に勤める父の低く掠れた声が静かな応接室に重く響き渡った。

帰宅する私が纏う薫り、先生の薫り。これを「非行」だと言う。まあ、そうだ。その通りだろう。年端もいかぬ娘からこの薫りがすることは本来であればありえないことだ。

目の前に座る先生を見やる。先生が担任でなければもう少しこの場は上手にやり過ごせたのかもしれない。学校において私たちの繋《つな》がりは担任と生徒という関係でしかないのだから。

「帰宅してくると制服から煙草の匂いがするんです。我が家では誰も吸わないのに。娘が吸う、もしくはそのような友人と共にいるということでしょう」

私の居ないうちに部屋やカバンもある程度漁《あさ》ったというのだ。何となく、棚の写真立ての配置が変わっていたような気がしたのは気のせいではなかったということか。

「この娘《こ》の持ち物からは煙草は出てこなかった。ということはこの娘が非行に走るように誘う輩《やから》がこの学校にいると考えるのは素直な流れでしょう」

「確かに、自然な流れではあります。しかし、学校が彼女のテリトリー全てというわけではないでしょう。他に、交流の場はあってしかるべきです」

「それはありえません」

言い切る父親に困ったように眉を顰める。思わず溜息をつきそうになった私は、すんでのところで堪えた。「私のお父さんは怖い」というのはこういうところだ。相手の意見を聞かず、自分の意見に呑《の》まれ周りが見られなくなるところ。

「娘には野蛮な場所には近づかず、学校が終われば直《す》ぐに帰宅するように教えてきました。寄り道をしてそのような輩と付き合っていることは考えられません」

小学校の頃からの教えは、私の生活を縛る鎖だった。放課後遊ぶ暇もなく帰宅する私は、友人との繋がりが希薄になりいつも一人だった。

「そのような非行を行っている生徒がいることは確かでしょう。それは、この学校の教師の教えが悪いからではないのですか」

父親は私の制服の薫りから、高校自体が不良高校であることを疑っているらしい。どちらかと言えば進学校である我が校はそんなこともあるはずがなく、規律に乗っ取った生活を強《し》いられている。それは私のダサい制服の着こなしを見てもわかるはずなのだ。

「現時点では、我が校の生徒の非行問題は憶測でしかありません。確かな事実を裏付ける情報として、今ここにあるものは希薄すぎます。彼女の制服から把握できる煙草の匂いは確固たる事実ではありますが、物的証拠がない限り彼女が吸っていたという事実に結び付けるには難しくそれだけで非行を決定付けることはできないと考えます」

「それは、担任として責任を取ることが怖いからではないのですか」

先生の表情が引きつるのを感じた。責任を取ることに対して、先生が怖いと感じているのは私も知っている。ずっと引っかかっているあの日の言葉だ。大人として子供の責任を取るのは与えられた義務。しかし、それは本当にできることなのだろうか。責任を取るという言葉は簡単に使われるものの、その責任の取り方に答えはない。

不安そうに目線を泳がせる先生の姿はあの日情けなくベッドの上で目線を逸らした姿を彷彿《ほうふつ》とさせた。口ばかり偉そうに御託を並べても、核心から逃げてばかりのずるい大人たちは何の信用もできない。

「責任を取れないのはお父さんだって同じじゃない」

隣に座る父が動揺するのが見えた。黙っていなさいとか、お前の出る幕ではないとか私を諭す父の低い声が聞こえてくるのを無視して私は続ける。

「学校の環境がどうだとか、教師の教え方がどうだとか、そんなことが全てじゃないでしょ。私がどうしたいかは私が決めることだし、この行動にそれなりの責任が生じるのならそれはお父さんや先生が取るものじゃない。私自身でどうにかするものだわ」

「非行を認めるということか」

「それでもいい。でも、私は学生としての本分は全《まっと》うしているつもり。だから学校外でのことは、先生には関係ない。担任としての責任は何もないはずじゃないの」

学校外に私のコミュニティが存在することを肯定したくない父親はまだ引きさがる気配を見せない。先生を見るとやはりあの日のまま、情けなく子供のような目で私を見ていた。

「これでよかったでしょ」

帰る父親の姿を見送りながら、先生に問いかける。「日直の仕事がある」と、父親と帰宅することを拒んだ私は応接室の前の廊下に立って蟹股《がにまた》で歩き去る父親をぼんやりと眺める。ずっとかっこ悪い父親。仕事場での威厳を上手に家に持って帰れない不器用さ。変なところだけ頑固で話の通じない面倒くささ。だけど今回ばかりは私自身も悪いのだから、開き直ってもいられない。私の非行問題をうやむやにして帰ってもらうことには成功したけれど、このままでは時間の問題なのだろうことは私にもわかっていた。

「なあ、もう限界だろう」

俺たちはこれ以上一緒にいるべきではない、そう言って私の頬を撫でる。骨ばった先生の手は今まで感じたことのない冷たさを私に伝えた。

「何言ってるの、先生。私たち、今までだって上手にやってきたじゃない。どうして」

「教師と生徒という時点で、俺たちは祝福されてはいけないんだよ」

「怖いの？」

頬に触れる手に力が籠る。レンズ越しに先生の瞳を見る。先生の瞳は微《かす》かに揺れて、目線を外した。またた。また私を見ない。

私の頬に触れた手のひらを両手で包み込み、そっと頬を擦り付ける。先生を呼んでも、こちらを見ないのはわかっている。私の頬をすっぽり包み込むこの手が頼りなく、小さく感じたのは初めてだ。

「責任感じてるんでしょ」

今回父親が乗り込んできたこと。最近職員会議で私が話題にのぼること。どちらも元を辿ると先生の吸う煙草の薫りが原因だ。何より、私自身がそれを気に入り薫りを消そうとしなかったことが問題だったのだけれど。先生に忠告されても無視を決め込んだのは、この煙草の薫りが先生の薫りのような気がして、この薫りを纏っている間はずっと先生に抱かれているように思えていたから。先生とずっと一緒にいられるような気がしていたから。

「先生は、私と離れてもいいの。私への気持ちはその程度だったの」

「俺は」

「ねえ先生、明日時間あるかな」

久しぶりに感じる体温に私は溺《おぼ》れそうになっていた。先生が触れる箇所が全て熱くて、おかしくなってしまいそうだと思った。言葉にならないような声で私のことを好きかと問うけれど、先生はそれには答えない。何を言っているのか伝わらなかったのかもしれない。自分でも何を口走っているのかわからないほどだったから。でも、それでも。私は貴方を好きだと、貴方とこうしている時間が何よりも幸せなのだと伝えたくて必死にしがみつくようにして背中に手を伸ばした。

先生はどうして私を抱くの。核心を言葉にしないから、私のことを本当は愛してないかもしれない。それが教師として最低の行為だとしても、先生にとって私への指導はこれが最善だと認識しているのかもしれない。先生に触れない時間に私の中で廻った思考はいつだってマイナスだった。今日、先生を久しぶりに誘ったのはそれを明確にしたかったから。先生にちゃんと私に向き合ってほしかったからだ。


私の我儘《わがまま》を閉じ込めるために行為に及んでいるのかもしれない。


半透明の壁が私たちの間を阻む。熱は私へ届かずに役目を全うできずに死んでいく。

「また……子供になれなかった、ね……」

先生の種を舐めとりながら零れ落ちた言葉に動揺したように先生の表情が強張る。だるい身体を起こして手を伸ばす。先生の頬に触れると、声にならないほどの音で彼が喉を鳴らした。

「私、先生と対等になりたいの。先生と生徒じゃなく。対等の恋人に」

「でも、お前は俺の受け持つ生徒で」

「先生は生徒にこんなことするの」

先生から見たら相当意地悪い表情をしていたと思う。口内に残る種を舌に乗せて見せつけるように口を開ける。重力に沿って舌の上に溜まった彼の熱が私のだ液と混じりあってシーツに垂れた。

「大切にしたいんだよ」

独り言のように呟《つぶや》いて私を見やる。今にも泣きだしそうに瞳を揺らし、鼻を赤くした子供のような表情の先生がそこにあった。

「俺は、お前と一緒にいるには歳が離れすぎている。愛してしまうことで、愛されることで、お前の人生を狂わせてしまうことが怖い。未来がいくらでも選択できる年齢だからこそ、俺という存在に縛られてしまうことで不幸にしてしまいそうで」

彼の頬を流れ落ちる滴《しずく》は緩《ゆる》やかに下降して私の胸に落ちた。右手で私の肩を押さえて、左手で自分の頭を抱えて泣きじゃくる。成人した男性がこんなにも泣く姿を見るのは初めてだった。その先生の姿を見ることで幸せな気持ちになっていた。今先生がこんなにも泣いているのは私のことを考えてくれていたからだ。私を、愛してくれていたからだ。ありがとう、大好き。泣きじゃくる先生の首に手を回して抱き寄せた。

「私、幸せだよ。先生を選んだのは私自身。先生が責任を感じなくていいの」

後頭部に手を回す。少し癖のある先生の髪の毛の感触に、大きな犬を撫でているように感じた。安心したのか、少し柔らかく微笑んで見上げるように顔を覗く。目線を合わせようと顔を傾けると大きな口で嚙みつかれるようにキスを落とされた。むさぼるように舌を絡めて、どちらのものかわからないだ液が糸を引いて落ちた。

「まず」

口内に微かに残っていた白濁を、まとめて飲み込んだ先生が顔をしかめて口を拭《ぬぐ》った。その様子がなんだか滑稽《こっけい》で思わず笑った。

「もう一回、しよ」

先生と生徒じゃない、二人の時間でまだ溺れていたい。両手を広げて先生を迎え入れると、今度は軽く、触れるだけのキスをして笑いあった。


先生の薫りは行為の後にやってくる。甘くも苦いその薫りに気怠《けだる》さの残る身体を起こして先生の姿を探す。ベッドから少し離れた椅子に座って煙草を吸う先生の姿があった。口元を覆うように煙草を咥え、窓の外をぼんやりと眺める先生の姿にしばらく見とれていると「何見てんだ」と笑うのでなんだか恥ずかしくなって目を逸らした。

先生の吐き出す白煙がゆらゆらと空気中を舞って溶けていく。折角吐き出されたのに、どこに帰結するわけでもなく散っていくその姿が、性行為後に壁の前で役目を全うすることなく死んでいく数多《あまた》の命の種を連想させた。この空気を吸い込むことで、私の肺に溜まる副流煙は体内に悪性な種を残す。これも、もしかしたら一種のセックスなのかもしれない。

深呼吸をするように大きく息を吸う。喉の奥で感じる苦味と、鼻を通り抜ける甘さの残る独特の薫り。先生の薫り、大人の薫り。それだけじゃない。私と先生を繋ぐ薫り。私の体内を巡って全身を犯していく感覚に飲み込まれる。この薫りを感じることで、先生と共にある気がして幸せだった。大人として先生と同じ土俵に立てる錯覚を感じて悦びを感じていた。ただそれだけで幸せを感じていた自分が今は幼稚に感じる。同じ薫りを共有することだけじゃない。この白煙が私に感じさせてくれるのは、先生の薫りを残し共にいてくれることだけでなかった。私の中に留まって先生の子を孕む感覚を抱かせる。こんな認識で煙草と向き合ってしまうのは、やはり非行なのかもしれないと心の中で苦笑した。

「あと、半年か」

携帯の画面を開いた先生がしみじみと口を開く。私たちが学校という縛りから解放されるまでの時間だ。生徒でなくなった私は、なんでもないただの一人の女として先生に向き合うことができるのだろうか。

気が付くと、椅子から立ち上がりベッドの脇まで来ていた先生が私の頭を撫でる。先程私が撫でたのと同じように。でも、少し荒々しく。泣きすぎて少し赤く腫れぼったい瞼でうんと小さくなった瞳を更に細めて、私に笑いかける。先生ってこんな笑い方をするのか。柔らかく、優しく、微笑みかけることがあるのか。腫れた瞼で全然恰好が付いてないけれど、その決まり切らないところが私には最高に格好良く映った。

「続きは、卒業したらな」

下腹に撫でるように触れる。聞き返そうとすると唇を塞《ふさ》がれて言葉はそのまま喉の奥に飲み込まれていった。先まで泣いていたのが嘘みたいに意地悪く笑う。その顔、まるで私みたいだ。そうやってまた逃げるのか。ずるいと言う私の頭を少し乱暴に撫でる。

「大人はずるい生き物なんだよ」

吸いかけの煙草にもう一度口を付ける。崩れた髪を直す私に吐き出した白煙がかかる。先生の吐き出した白煙に身体の外も中も全て犯されているみたいだ。行為の続きは、今はこれで充分だ。もう一度深く息を吸い込む。さあ、私の中に植え付けて。

シーツの波

木村風香

照明が目まぐるしく切り替わるのをぼうっと見ていた。ダブルベッドに腰かけてスイッチを押していた彼が、「どれがいい？」と聞く。照明が赤から紫、白へと切り替わる。私は壁に飾られた海岸の絵を見ながら、「白がいい」と答えた。彼は「たまには赤でもいいのに」と軽く唇を尖らせながら、明るさを調節する。薄暗がりの中、白い光がぼんやりと灯った。

私はドアの前に突っ立ったまま、額縁の中の海岸を見つめていた。掠《かす》れた水色で塗りつぶされた海には、白い曲線がいくつも重ねられている。砂浜に人の気配はなく、大きさの違う灰色の石ころがバラバラと転がっているだけ。薄っぺらくて、何だか寂しい。なんとなく、「海に行きたい」と呟《つぶや》いた。彼は変な顔をして「何言ってんの」と少しだけ呆れたように言った。

「だって、ほら」

私は壁の海岸の絵を指さし、「行くなら、あんまり人がいない方がいいな」と続けた。

「夏になったら連れて行ってやるから」

「ほんと？」

「ねえ、時間なくなるよ」

「コウちゃん」

「いいから、こっちおいで」

彼はスマートフォンで時間を確認した後、すっくと立ち上がって、私の手を引いた。彼の手はいつも冷たい。指先が触れるだけでひやっとする。けれど、すぐに火照《ほて》る私の体にはそれぐらいが丁度よくて、いつだって簡単に気持ちよくさせられてしまうのだ。

彼は色っぽい微笑みを浮かべながら「ここも海みたいなもんだよ」と言って、私をベッドにふわりと投げた。真っ白なシーツの海に背中が沈む。最近染めたばかりの栗色の髪が、白い海に広がった。同時に、唇に柔らかいものが触れる。しっとりと吸いついてくる、優しい感触。唇は外の空気に触れていたせいでまだ冷たい。半開きになった唇から彼の舌が入ってくる。私は彼の首に手を回して、それを受け入れる。ほんのり冷たかった彼の舌も、私のそれと絡まって少しずつ熱を帯びてくる。とろとろの唾液《だえき》が行き来する。気持ちいい。目を閉じると、より一層深いところまで沈んでいけるような気がした。一緒に沈んでいきたくて、夢中で彼の髪を掻き乱す。そのたびに強く唇を押し当てられ、繋《つな》がった唇の隙間から甘い声が漏れる。

しばらくそうしていると、彼の手がもぞもぞと動き出し、ニットセーターの裾《すそ》が捲《まく》り上げられた。瞬間、つけている下着の色が上下で違うことを思い出した。

「いい。自分で脱ぐから」

「いつも脱がせてほしいって言うじゃん」

「でも、いやだ」

手を押しのけたくて、体を捻《ひね》ったり足をばたつかせたりしてみるけれど、彼はおかまいなしに私を指先でなぞる。耳の輪郭《りんかく》を確かめるようになぞり、穴に軽く指を差し入れてくるりと回転させる。ゆっくりと顎《あご》のラインをとおって、流れるように首筋を過ぎる。触れるか触れないかのギリギリのところ。私の無防備な皮膚と、彼の指先の間。ほんのり冷たい空気が流れている。その隙間がもどかしい。どんどん力が抜けていく。

気づいたら、ニットセーターはピンクのブラジャーが丸見えになるところまで捲られている。そのうえデニムジーンズのファスナーも開けられていて、水色のレースが見えている。慌てて手を伸ばし、見えてしまった水色を隠すけれど、もう今さらだ。とりあえず視線を泳がせて、「今日こうなると思わなかったから」と言い訳をする。彼は少し笑って「奈々も、そういうドジあるんだね」と言った。目にかかった、くせのある赤茶色の髪を掻き上げながら。左耳に刺さるピアスが銀色に光る。

彼は全く何も気にしていない様子で、「腰、浮かせて」と言った。言われるがまま腰を浮かせると、ジーパンを脱がされた。ついでに靴下も脱がされた。「可愛いね」そう言うと、彼は指先でするりと割れ目をなぞる。それから、突如与えられた刺激によってひくついている私のおなかを手のひらで優しく撫で回す。

「足りない？」

脚を擦《こす》りあわせた私に気づいた彼が、いじわるく笑う。彼の手のひらはおなかの上で円を描くようにくるくると滑《すべ》っている。

「足り、ない」

言うと同時に手が腰に回ってきた。ひやっと冷たい。反射的に、シーツに沈んでいた背中が反る。そこに滑り込んできた彼の手によって、窮屈《きゅうくつ》だった胸周りが解放される。ほうっと吐息が漏れる。ふらりと立ち寄った美術館で、名前も知らない画家の絵に訳もわからず見惚《みと》れたときのような、うっとりとした気分に似ている。

彼は、冷たい手のひらで私の胸のふくらみを包み込み、ゆっくりと揉みしだく。指を波打たせるようにしたり、形を確かめるように持ち上げたり、左右で違う動きをしたりする。それでも、ふくらみの中心には触れてくれない。わざと避けて焦《じ》らしている。私は手を伸ばし彼の頬に触れ、「ねえ……」と猫撫で声を出す。

「コウちゃん、いじわるだ」

「奈々が、ちゃんとお願いしないからでしょ」

「してるよ」

「もっとだよ」

彼は「ちゃんと、どうして欲しいか言わないと」と言って、彼の頬に沿わせていた私の手をとり、人差し指を口に含んだ。赤ちゃんがお母さんのおっぱいを吸うときみたいに、可愛らしいリップ音を立てて吸っていたかと思ったら、舌全体を使って舐《な》め上げたり、舌先でちろちろと舐め回したりしてくる。目を閉じて、私の人差し指を舐めるのに没頭している彼から目を離せない。長い睫毛《まつげ》が彼の頬に影を落とす。

もっと、欲しい。

彼に触れられていない部分が痺《しび》れて、ぞわぞわと疼《うず》く。我慢できなくなって「お願い、触って」と口走る。彼は口から指を離して、「どこ触ってほしいの？」と口角を上げた。唾液に濡れた指がてらてらと光っている。私は、彼の唾液で濡れた人差し指を自分の胸元に持っていき、「ここ、触って」とねだった。指をさしたとき、少しだけ中心に触れた。濡れた指先が冷たくて、彼の指先によって転がされているような気になってしまった。私は、そのまま指先を小刻みに動かし、彼に熱っぽい視線を送る。

「俺に触ってほしいんじゃないの？」

「触って」

「だって自分でできるんでしょ」

「コウちゃんがいい、コウちゃんがいいの」

私の甘ったるい声を聞いて、彼はますます口角を吊り上げた。それから、私の耳元に顔を寄せ、「エロイね」と呟いた。直後、胸の上まで捲り上げられていたニットセーターとブラジャーが剥《は》ぎとるように脱がされた。シャツを脱ぎ、上半身だけ裸になった彼が覆いかぶさってくる。彼の冷たい指先とぬるい舌の両方が、待ちに待った刺激を与えてくれる。

これが欲しかったの。指の腹で擦《こす》られたときのゆるい痺れがじわじわと快感に変わっていく感覚。爪先で弾《はじ》かれたときの一瞬の痛みも、容易《たやす》く快感へと切り替わる。柔らかい舌でねっとりと舐め上げられる。チュッと音を立てて吸い上げられ、前歯で挟むように嚙まれる。そのたびに頭の中がとろけて何も考えられなくなる。

のけぞる私を見た彼がふっと笑ったのがわかった。彼は私の頭の下に枕を置き、「ちゃんと見て」と微笑んで私の目をじっと見つめながら、小さく尖《とが》ったそれを再び口に含んだ。私が体を大きく震わせて反応したのを確かめると、目を瞑《つぶ》って私をもてあそぶことに集中する。

私の胸の上でふわふわ揺れる赤茶色の髪。いつも寝癖がついているみたいに外向きにはねている。そっと髪に触れて、優しく頭を撫でる。彼はそれに応えるように、舌の動きを穏やかにして丁寧に舐め始めた。愛おしい。心の中まであたたかいもので満たされて、それに比例して快感も増す。次第に頭を撫でる手も激しくなる。彼のこめかみに貼りついた髪を掻き上げたとき、左耳のピアスがきらりと光った。

その銀色の光を見た途端、さっきまで穏やかな愛しさで満ちていた心に波が立った。耳朶《みみたぶ》の真ん中あたりに一つだけ、小さな三角形のピアスが刺さっている。細い銀色の辺で作られた、トライアングルのピアス。いくら私が「似合ってないよ」と言っても、ずっと外さないでつけたままにしている。それどころか、「似合ってないって言うの、奈々ぐらいだよ」なんて笑ってごまかす。私が知らないわけがないのに。

頭を撫でていた手が、いつのまにか髪を握りしめている。彼からの刺激も、どんどん強くなってくる。彼は、私が乱暴な手つきになるのは、快感のせいだと疑わない。

彼に、「どうして左耳にしかつけないの」と聞いたことがある。彼は平然と「二つも必要なかったから」と答えた。「一つだけで充分だったから」と。私は、「じゃあ右耳のピアスはどこに行ったの」と問いかけた。彼は大切そうにピアスに触れながら、「もうどこに行ったかわからない」と言った。彼は今でも忘れていない。彼の左耳にピアスを刺して、どこかに消えた女のことを。

銀色の光はちらちらと私の視界に入ってくる。いつまでも彼の耳朶に居座って、光を失わないそれが恨めしい。別れた女のことなんて、全部忘れてしまえばいいのに。

髪を握る手に力が入る。彼は少し眉間にしわを寄せ、「奈々」と私の名前を呼んだ。私はどんな顔をしていたのだろう。彼は私にキスをして、指先を太ももに這《は》わせた。舌を絡めとられているうちに、彼の指先はパンツの際をゆっくりとなぞり始める。立てている脚が徐々に開いていくのがわかった。塞《ふさ》がれていた唇が自由になると、すぐさま掠れた甘い声が漏れてくる。また頭の中が溶けて崩れていく。「ずるいよ」と言った声も、「もっと」をねだる言葉に聞こえるほど快感に満ちてしまっている。

彼は私の脚の間に座って、指先で割れ目を擦り上げる。今度は一瞬ではなく、何回も往復して擦られる。腰が浮くのも、声も、我慢できない。彼の指が私の核心を突くたびに腰が跳ね上がる。彼は私の太ももを抱え込み、今にも快感に溺《おぼ》れそうな私を見下ろしている。私の感覚は全て彼が操っている。そのことが私をたまらなく興奮させた。

彼が「もう限界？」と聞いてくる。そう聞いてくるということは、彼の興奮も限界に近いということ。パンツ越しにでも押しつけられた彼の熱を感じとれる。冷たい手とは打って変わって、そこだけは燃えるように熱い。彼は私のパンツを脱がせ、充分すぎるほどに湿り気を帯びたそこに指を挿入する。途端、波が一気に襲ってきて、思わず「だめ、待って」と彼を制止した。でも彼は「だめじゃないでしょ」と私を見つめて言うだけで、挿入している指を動かし始める。もう何が何だかわからない。私の中で不規則にうごめく彼の指。掻き出すように動かされるたび水音が大きく響く。彼はまるで海で水遊びをしているかのような、いたずらで愉《たの》しげな表情をしている。自分の意思では止められない水音が、私をどんどん快感の海に沈めていく。

彼は、枕元の台に手を伸ばし、可愛らしいガラスケースに入ったコンドームをとった。正方形のそれを口にくわえ、慌ただしくベルトを外しながら、封を噛み切る。私はシーツに背中を預け、自分をぎゅっと抱きしめながら彼を見つめる。浮き出た鎖骨は、なだらかな肩のラインに繋がっている。ほっそりと引き締まった上腕。肘《ひじ》を境にして少し太くなった前腕には、青い血管が脈打っている。

再び彼の指がするりと入ってきた。待っている間に少し乾いてしまったそこだったが、何回か指を出し入れされると、いとも簡単に水音がし始め、太ももが震える。

はやく、来て。

「挿《い》れるよ」

言ったと同時に、彼が入り込んできた。熱くて、硬いもの。奥に入ってくる。むしろ私が彼を吸いとっていくみたい。貪欲《どんよく》に、根もとまで彼を飲み込む。その悦《よろこ》びに震えた彼はどんどん私の内側を圧迫する。私の太ももと彼の腰がぶつかりあう音がする。小さな波が立ったような水音も聞こえる。それらを打ち消してしまいそうなほどの喘《あえ》ぎ声。私の声のはずなのに、知らない誰かの声みたい。少しずつ私の内側が溶け出して、彼にまとわりついていく。私の中で、彼が溶ける。溶けあって、ひとつになっていく。

「コウ、ちゃんっ」

彼の腕が私を抱きしめる。その拍子に一気に奥を突かれて、悲鳴に近い声が喉から飛び出した。圧迫感に一瞬息が止まり、内側が擦れる快感に声を上げた。彼の背中に力いっぱいしがみつく。彼の舌先が耳に触れる。鼓膜に直接響いてくる水音。耳と、中が、ぐずぐずに溶けて熱い。彼の吐息に上ずった声が交じってくる。彼が中で大きくなるのがわかる。耳元で掠れた声の合図を聞いた。私はしっかり目を瞑って、彼だけを感じる。

ねえ、あなたも、私だけを感じて。

願いながら、全身で、上り詰める感覚を受け入れた。

間抜けな通知音が鳴る。塗り直したネイルが乾くのを待っていた私は、期待しながら慎重にスマートフォンを操作し画面を開いた。そこには公式アカウントからのキャンペーンのお知らせが表示された。彼じゃなかった。思わずため息が漏れる。私はスマートフォンを放り、シングルベッドに身を投げ、カエルのように動いて手足をシーツに擦りつけた。淡いクリーム色のシーツに、ピンク色の花柄がプリントされた布団。私は、殺風景な部屋に置かれた真っ白なベッドを思い出し、枕に顔を埋《うず》めて呻《うめ》き声を上げた。

行為が終わった後、彼の耳朶を噛んだ。

私が余韻に溺れていた、ベッドの上。彼は私に背を向けて座り、気だるそうにチャンネルを回していた。私が寝転がったまま「ねえ」と声をかけても、こっちを見ないで生返事をする。何回か続けていたら返事さえなくなった。私は快感の余韻で重たくなった体を起こし、彼に近寄った。人差し指で彼の背中に触れる。彼の体は、さっきまであんなに熱を持っていたというのに、もう冷えていた。つうっと人差し指でなぞって、うなじにたどりつく。彼は横目でちらっと私を見たけれども、知らないふりをしている。私は彼を後ろから抱きしめて、肩に顎を乗せた。ふわふわした赤茶色の髪が鼻先をくすぐる。

彼を覗き込もうと顔を揺らして髪を掻きわけたとき、銀色のピアスがあった。華奢《きゃしゃ》なトライアングル。細くて、透きとおるように白い肌をした女がそこにいる。少しつり目で、ツンと澄ました表情をしている。彼が忘れられない女。

私は八重歯をむき出しにして、ピアスが刺さった彼の耳朶に嚙みついた。トライアングルの中心。柔らかくて分厚い皮膚に、小さく尖った歯が食い込む。あの女ごと、このままちぎりとってしまいたい。

「奈々、痛いよ」

彼はそれだけ言うと、私を無理やり引きはがした。彼が体を捩《よじ》ったときに、八重歯にピアスが当たった。本物のトライアングルのように綺麗な音は響かずに、かちん、と低くて鈍《にぶ》い音がした。彼は眉間にしわを寄せながら、耳朶を指でつまんだ。彼の、冷たい指先が、ピアスに触れる。ピアスにぶつかった八重歯が、じわじわと痛んだ。

それから連絡が来ない。まだ一週間も経っていないのだけれど。外は既に暗くなっていて、部屋の中も暗やみに包まれようとしていた。私は顔の前に垂れ下がってくる前髪なのか、そうでないのかわからない髪を手で払って、電気をつけるために起き上がった。人工的な白い光がパッと灯る。カーテンを閉めようと窓際に寄ると、酷《ひど》い顔をした私が映った。目の下には隈《くま》があるし、ギュッと結んだ唇の端はあからさまに下がっている。つい目を逸《そ》らすと、丸テーブルの上で銀色に光るものが目についた。いつだったか購入したピアッサー。白い光に反射して、テーブルの上で不気味なぐらい銀色に光っている。

私は穴の開いていない耳朶に触れながら、ピアッサーを手にとった。彼の左耳に刺さるトライアングルのピアスを思い出す。あの女の右耳には、もうトライアングルは刺さっていないということを、彼はわからないのだろうか。わかっていてずっと刺しているのなら、彼は本当にばかだ。もし私が右耳に穴を開けたら、彼は私に、左耳をくれるだろうか。

エアコンの重低音を弾《はじ》き飛ばすように、間の抜けた通知音が鳴った。見ると、画面に浮かぶ『コウちゃん』の文字。

これから、会える。大急ぎでボサボサの髪を整え、服を下着まで全部脱いだ。姿見に全身を映してみる。太ったかもしれない。彼に会う前に少しでも絞っておきたくて、マッサージをする。ふくらはぎから太ももに、太ももからお尻に。背中とおなかの脂肪は胸に。ぐっと持ち上げて、なじませる。私の手はすぐに汗ばむ。彼の冷たくてさらさらとした手とは違う。彼だったら、もっとこうする。私は手のひらを目いっぱい広げてふくらみを包み込み、ゆっくりと指を動かす。彼のように滑《なめ》らかにできない。それでも彼を思い浮かべれば、簡単に体が火照り、息が荒くなる。中心に触れたい。彼なら、もっと焦らす？

ああ、満たされたと思っていたのに、すぐに足りなくなってしまう。早く触りたい、触ってほしい――。

再び通知音が響いて、ハッと我に返った。鏡には、胸をわしづかみにして頬を上気させた私が映っている。途端に恥ずかしくなって、そそくさと下着を身につけた。今回はちゃんと上下セットの、白いレース素材のもの。新しいニットワンピースに袖を通し、ベースメイクとチーク、リップグロスだけで化粧を済ませる。最後に手櫛《てぐし》で髪を整え直し、小走りで彼のもとに向かう。

アパートの階段を下りていくと、植え込みに腰かけている彼を見つけた。

「コウちゃん」呼んだ声と一緒に、白い息が吐き出された。彼は軽く手を振り、「飲む？」と言ってコンビニ袋を差し出した。袋を受け取って中をあさると、肌を刺すような冷たい夜の静寂には似つかわしくない音がした。

「たまには酔ってみてよ」と彼が言う。私はあまりお酒を飲まない。気がつかないうちに蝕《むしば》まれていく感じが嫌だから。そこまで弱いわけではないけれど、瞼《まぶた》が重くなって、感覚が鈍る。考えているのに体が動かなくなる。迷っていると、彼は袋の中に手を突っ込んで缶ビールをとり、「奈々はこっちね」と私に缶チューハイを差し出した。私は「ありがとう」と言って、両手で受け取った。水滴に濡れたそれは、手のひらの体温を一瞬にして奪いとった。冷たさが体の内側まで染みてくる。

安いアルコールを片手に、夜道を歩く。植え込みの緑も、アパートのくすんだ黄色い壁も、夜に染められてその色を濃くしている。空には小さな白い星がまばらに散らばっているけれど、部屋の中で見る白い光の眩《まぶ》しさには到底及んでいなかった。右隣を歩く彼は、喉仏を上下させながら缶に口をつけている。ほんの少し唇を突き出して、缶の縁を優しく挟むようにして口づける。缶を傾ける瞬間は、すうっと眠るように目を閉じるのが彼の癖。瞬きするたびに揺れる、長くて柔らかそうな睫毛が色っぽい。

「今日あったかいね」と彼が言う。彼はお酒を飲むと体温が上がるらしい。指の先まで冷たい彼じゃなきゃ嫌だな、と思いつつ、私も缶に口をつける。薄いレモン風味の炭酸が口の中ではじけた。

エンジン音がして、橙色《だいだいいろ》のヘッドライトが背後から私たちを照らす。彼は左手で、車道側にいた私の右手首を掴《つか》んで引き寄せた。その拍子に、よろけて彼にぶつかった。彼の唇の端から滴《しずく》が零《こぼ》れる。私は咄嗟《とっさ》に手を伸ばして、人差し指でそれを拭《ぬぐ》った。私の方を向いた彼の左耳が電灯の白い光に反射して光った。

隣にいるのは、私なのに。

彼の頭に手を回し、強引に抱き寄せてキスをした。ふに、と唇が触れるだけのキス。彼は驚いたように唇を半開きにしている。すかさずもう一度唇を押し当て、舌を滑り込ませる。歩きながらのキスだから、バランスがとれなくて足元がふらつく。左手に持っていた缶を手放して、彼の首に両腕を巻きつけた。コンクリートの地面にアルミ缶が落ちる音がした。まだ半分以上残っていた中身が飛び散って、ストッキング越しに私の足首を濡らした。

やかましいエンジン音を立てて、車が通り過ぎる。私と彼は止まっている。私はひたすらに彼の唇に吸いついて、濡れた舌で彼の口内をくすぐっていく。くっつけた唇から、濡れた舌先から、私の熱が全部伝わってくれればいい。

は、と離した唇を、半開きのままの彼の唇が追ってきた。唇が触れる直前、再び背後でエンジン音が聞こえた。ヘッドライトに照らされてまばゆい光を放った彼の左の耳朶が、薄目を開けた私の視界に飛び込んできて、思い切り舌をねじ込んだ。

乱暴にドアを閉めて、灯りもつけずに二人でダブルベッドになだれ込む。鍵を閉め忘れた気がしたけれど、そんなことはもうどうでもよかった。まっさらなシーツの上を転がりながら互いの唇を貪《むさぼ》りあう。彼から送られてくる生ぬるい唾液は、ビールを飲んでいたせいで少しだけ苦い。

「酔ってるの？」

唇の端を吊り上げながら聞いてきた彼を無視し、仰向けに寝かせてそのまま上に乗った。指先や手のひらだけじゃ足りない。脚を絡ませ、全身を彼に擦りつける。

私はあっという間に裸になっていた。私が自分で脱いだのか、彼に脱がされたのかは定かでない。ただ、私と彼の障害になるものは、何もかも取っ払ってしまいたかった。彼も既にボクサーパンツ一枚になっている。私は手のひらを滑らせて、私と彼を隔《へだ》てる最後の障害に触れた。ふくらんだ彼自身を覆い隠すそれはじんわりと湿っている。脚の間に正座をし、布の上から彼を愛撫《あいぶ》する。うずくまるようにしてキスを落とし、指先で形をなぞっていく。上の方から、ごくんと生唾《なまつば》を飲む音が聞こえた。

「してほしい？」

私は、彼を手のひらでゆっくり擦りながら問いかける。返事の代わりに、私の名前を呼ぶ苦しそうな声が降ってきた。彼の先端から溢れたねばり気のある液体が、ボクサーパンツを濡らしている。はやく欲しい。そう言われているみたいで、彼も私と同じなのだと思う。

私が「腰、浮かせて」と言うと、彼は素直に従った。私はパンツに手をかけ、引っかからないように慎重に脱がせていく。

こもっていた熱が私の鼻先に漂ってくる。天井を見上げるそれに右手を添える。親指でふたをするように先に触れ、それ以外の指は柔らかく曲げ、熱を持った彼を手のひら全体で包み込む。握ったまま親指を擦りつけると、ぬるぬると滑った。軽くノックするように叩くと、私の親指と彼の先端との間に透明な糸が引く。彼は既に溶けかけだ。

思わず私も生唾を飲み込んだ。彼のとろけた熱。質量。これが私の中に来て、一緒になって溶けていくの。そっと、先端に唇をあてる。彼が缶ビールを飲むときみたいに、すうっと目を瞑り、優しく唇で挟む。そこから徐々に沈めていく。一気に滑り込ませることはしないで、少しずつ、唇で挟みながら。あえて唾液を飲み込むことはしない。彼から溢れる液体と私の唾液を混ぜあわせ、どんどん彼を溶かしていく。

喉の奥まで彼を咥え込み、喉の奥をグッと締める。まるで彼を飲み込もうとしているみたい。獲物を丸飲みにする蛇になった気分。彼は私の捕食から逃れるように、忙しく出入りを繰り返している。私の頭が上下するのに合わせて彼の腰も浮き上がる。滑り込んでは遠ざかる彼に舌を這わせるのも忘れない。

ふっと視線を上げると、シーツに背中を預け、体を震わせる彼がいる。私の舌が彼を舐め上げるたび、彼のおなかや太ももが微《かす》かに動く。掠れた吐息がだんだん湿り気を帯びたものに変わっていく。私が、彼を深いところまで沈めている。私が、彼を快感の海に溺れさせている。私は自分の口角が上がるのを感じ、彼自身を口に含んだまま「コウちゃん」と呼びかけた。

でも、彼は何も答えてくれない。唇を離し、じっと目を凝《こ》らして彼を見つめる。暗がりの中、ぼんやりと見える彼は、シーツと同じ真っ白な枕に頭を沈めて、思い切り顎を突き上げている。天井を見ているのか、目を閉じているのか、私からは見えない。

「ねえ、コウちゃん、コウちゃんってば」

ムキになって呼んでみるけれど、やはり彼は何も答えない。溺れて、何も聞こえなくなっているのだろうか。左手で彼の右手を引き寄せ、指を絡めてみる。すると彼は私の手を乱暴に振り払い、そのまま手の甲で自分の目を隠すように覆った。

彼は、私を見ていない。

なんで？

なんで私のこと見ないの。

なんで、と言いかけた口に、彼は強引に自身を押し込んできた。喉のさらに奥深くまで突き刺さり、咽《むせ》かえりそうになる。私は頭を押し上げて、その行為を中断させる。口の中に半分まで押し込まれていた彼が勢いよく解放される。唇から透明でねばついた唾液が垂れて、彼の太ももにきれいな丸いつぶを作った。彼は上体を起こして、私の頬やら唇やらを撫でながら、「なんでやめるの」と不満そうに聞いた。唾液で濡れて、唇に貼りついた髪が気持ち悪い。彼が、「もっとしてよ」と少し甘えたように言う。彼の脚の間には、まだ硬く、天井を向いて立ち上がっているものがある。私の唾液で不気味なほどに光っている、赤黒く、確かな存在感を持ったそれ。私は再び指を添わせて、彼の形と熱を確かめる。それから彼に跨《またが》って、私の中に挿入した。

「ちょ、まって、な」

彼が私の名前を呼んだ。それと同時にシーツに沈みかけていた体を慌てて浮かせ、私に正方形のカラフルなパッケージを差し出した。

「いらない」私はぶっきらぼうに、差し出されたそれを振り払う。

「いるよ」彼は手を伸ばして私にそれを押しつける。

私は構わずに、起き上がろうとする彼の肩を押し返し、徐々に腰を落としていく。彼を口の中に入れたときには入り口は既に潤い始めていたのだけど、力強くそそり立った彼を迎え入れるには、少しだけ、痛い。

私は右手の中指を口に含み、口の中に溜めた唾液を掬《すく》うようにして指を濡らした。そうして生ぬるい唾液で濡れた指を、私自身の小さな突起にあてがう。頬をなぞるときみたいに、優しく指の腹を擦りつける。何度も往復し、だんだんスピードを上げて、こねまわすように指を押しつけていく。小さかったそれは、さっきまでとは明らかに違って、熟《う》れてふくらんできている。ふくらんだそれは、ごわついた彼の陰毛に擦れて、私に意図しない快感を与えてくれる。少しずつ広がって潤いだした入り口が、彼を飲み込んでいく。

「あ」

彼が引きつった声を出した。彼の背中は、既にシーツの海に沈んでいる。ためらいなく、一気に腰を落とす。ぬるりと滑って、内側を擦りながら私の最奥《さいおう》まで到達した。嚙みしめていた私の唇からも、くぐもった甘ったるい声が零れ出る。

いつもより、彼の熱が近い。どくんどくんと脈打っている。抱きしめられて心臓の音を聞くよりも、耳元で呼吸を感じるよりも、はっきりと彼の存在を感じられる。彼は今、私の中にいる。他の誰でもない、私の傍《そば》にいる。このまま溶けて、溺れて、一緒になりたい。

「ね、コウちゃん……気持ちいい？」

私は彼の太ももに手をついて、前後に腰を動かしながら問いかける。私は彼をすっぽりと飲み込んだまま離さない。私から溢れる液体が、硬く立ち上がった彼を外側からじわじわと溶かしていく。

「コウちゃ――」

私が名前を呼ぶのを遮《さえぎ》るように、突然、彼が突き上がってきた。何度も繰り返し、奥の深いところを突かれる。生ぬるい水しぶきが飛び散る。だめ、待って。言葉にならない声が、ほとんど悲鳴となって喉から飛び出す。体を支えていられなくなって、彼に重なるように倒れ込んだ。それでも彼の突き上げは止まらない。最奥よりも手前の浅いところをぐいぐい押し上げられるような感覚に頭も体も痺れてくる。

どうしようもなくて、彼の首にしがみつく。赤茶色の髪が、束になって襟足《えりあし》に貼りついている。首筋に伝う汗を舌先で追う。彼の律動による震動が舌の動きをぎこちなくさせた。縋《すが》るように彼の首筋を舐めていき、襟足から耳の後ろに唇を這わせる。そのとき、金属の突き放すような冷たさが舌に触れた。

それ、外してよ。

初めての行為のとき、私がそう言ったこと、もう忘れてしまったの？

青色の半袖ワンピースが、汗ばんだ背中に貼りついて気持ち悪かったのを覚えている。冷たくてさらりとした彼の指に触れられて、自分だけ汗をかいていることが恥ずかしかった。そのとき、彼が言った。奈々も汗っかきなんだね。そう言いながら、ふわふわした赤茶色の髪を掻き上げた。一瞬見えた銀色の光を、私は見逃さなかった。ねえ、それ。私は覆いかぶさってきた彼の耳朶を指さした。外してよ、と言いながら、嫌になるほど華奢なトライアングルを指でなぞった。彼は私の手首を摑んで制し、「あとでね」と笑った。私は、ただ彼に溺れて、真っ白なシーツに沈んでいくしかなかった。

あれからずっと、私は彼に溺れている。彼の左の耳朶には、まだ銀色のトライアングルが刺さっている。なんでなの。ねえ、なんで。突き上げられるたびに飛び出してしまう、ほとんど自分のものではないような声に紛れて、耳元で叫ぶ。彼は、私の声が大きくなったことと、快感の大きさが比例すると思っているのか、得意げに私を突き上げ続ける。

引きちぎってやる。私のことしか、考えられなくなるように。

私は彼の耳朶に噛みついた。トライアングルの中心に、尖った歯を深く突き立てる。分厚くて柔らかな肉に私の歯が沈む。首を捻って、肉を抉《えぐ》るように歯をねじ込んでいく。唇の裏に当たるピアスが冷たい。私の熱に溶かされるのを拒んでいるみたいだ。

彼は一瞬動きを止めて体を強張らせたと思ったら、私の腰を掴んで思い切り突き上げた。突然の中を抉られたような刺激に快感と痛みを同時に覚え、抑え切れずに嬌声《きょうせい》を上げた。耳朶から歯が離れる。

直後、視界が反転した。抗《あらが》う間もなく私の背中はシーツに沈んだ。密着したままの彼が私を容赦《ようしゃ》なく圧迫する。彼の重みが私の体を固定して、身動きがとれない。首と腰だけ勝手に動く。私の体は、もう彼の思うまま。

ベッドのスプリングがきしむ音がして、「気持ちいいんだ?」と掠れた声が聞こえた。手首を頭の上で一括《ひとくく》りにされる。小さく突き出た胸のふくらみがチクリと痛んだ。気持ちいい。途切れ途切れになりながら言葉を発する。

彼が、耳元で「好きだよ」と言った。私だってあなたが好き。宙ぶらりんだった脚を彼の背中に絡める。私の中にいる彼が、もっともっと近くなる気がした。

彼は大袈裟《おおげさ》に息を吐いて、さっきより苦しそうにしながら「好きだよ」と言った。私も好きだよ。ねえ、でもきっと、私の方が、ずっとあなたのこと好きなの。

突然、パッと視界が明るくなった。白い光が目に飛び込んでくる。眩しくて目が痛い。目を閉じかけたとき、頬に冷たい滴が落ちてきた。見ると、光を遮るように私に覆いかぶさった彼が、私を見下ろしている。赤茶色の髪がふわふわと揺れ、水滴を飛び散らせる。私の奥に彼の熱が打ちつけられるたび、眉を寄せて唇を半開きにした彼の喉仏がクッと上がる。私の中からも、とめどなく透明な液体が溢れ出た。

彼の左の耳朶には、銀色のピアス。白い光が反射して、濁《にご》りのない輝きを放っている。トライアングルの中心に、小さな穴が見えた。でも、そこには何も刺さらない。いつの間にか消えてしまう。あの女みたいに、いつまでも残り続けてはくれない。

瞼は開いているのに、どんどん意識が遠のいていく。頭の上でまとめられていた手首は解放され、彼の手は私の顔のすぐ横のシーツを握りしめている。私も手首を返して、真っ白なシーツを握りしめた。

お願いだから、一緒に沈んで。

応えるように、私の中の彼がふくらむ。奥を突かれてのけぞったとき、がたつく視界の隅に、壁に飾られた海岸の絵が見えた。掠れた水色、波打つ白。波が、私を飲み込んでいく。視界が揺れる。内側がどろどろに溶けて、彼にまとわりつく。遠くの方から水音が聞こえる。息もうまくできない。私は今どこにいるの。

私の上で一心不乱に揺れる彼。うつろな目を向けると、彼の唇が微かに動いた。直後、彼の両腕が、溺れる私を力いっぱい抱きしめた。このまま二人で溶けていきたい。私は何度も頷《うなず》いた。そして、私だけに注がれる彼の熱を受け止めながら、溺れる彼を抱きしめ返した。


シャワーを浴びて出てくると、ソファーに座った彼がピアスを外していた。ガラスのテーブルに、彼の耳から離れた銀色のトライアングルが無造作に放られている。「それ」と指をさして、思わず「どうしたの」と聞いた。彼は耳朶をつまみながら答える。

「耳、噛むの好きなんだっけ？　結構痛いんだけど」

「ピアス外してほしかっただけ」

「なにそれ。だったら普通に言ってよ」

「言ったよ、最初のとき――」

でも、いつもごまかして逃げるから。口の中でもごもごと呟いた言葉は、彼の耳に届いたようだった。彼はバスタオルにくるまっただけの私を引き寄せ、膝《ひざ》の上に乗せた。

「なんか勘違いしてる？」

「だって、あれって、前の彼女の」

途中まで言いかけたところで、彼は「まさか」と言って笑った。

「じゃあ、違うんだ」

彼は「違うよ」と言うと、私の頭に手を乗せて、まだ濡れている髪を撫でた。

私は、ほっと息を吐いてから、天井を向いて脱力した。薄目を開けて、人工的な白い光を見る。引っかかっていたものがすんなりと取り除かれて、かえって何だか落ち着かない心地がする。急な眠気に襲われ、その重みに従って瞼を閉じようとした。

そのとき、首筋に冷たい感触がした。目を開けると、熱っぽい目をした彼が私の体をなぞり始めている。流れるように、そのままソファーに押し倒された。

バスタオルを剥ぎとられながら、彼の左の耳朶を見た。何もない。少し赤みを帯びた皮膚に、小さな穴がひとつ開いているだけの、ただの耳朶。右手を伸ばして耳朶をつまむ。歯を突き立てたときに思っていたよりも、だいぶ薄っぺらい。

こんなに寂しかったっけ？

彼は、再び立ち上がった熱を私に押し当て、息を荒くしている。

私はふっと視線を逸らし、テーブルの上を見やった。白い光を反射する銀色のピアス。ぎらぎらと光り、これでもかというほど、その存在を主張している。彼の舌が私の皮膚にくっつく。生ぬるい温度を感じ、突き放すように冷たい金属の感触を思い出した。大きな波が押し寄せて、あんなに激しく高ぶっていたというのに、今は驚くほどに穏やかな海だ。少しの波も立たない。私は裸で、静かな海に浮かんでいる。

すうっと目を閉じた。右腕で目を覆って、瞼から透けるわずかな光さえ遮った。私の体の上で彼が熱くなっていくのを感じたけれど、もう目を開けるのが億劫《おっくう》だ。

このまま眠ってしまいたい。

穏やかな海をゆらゆらと漂うような気分で、私はまどろんだ。

ハニー・ストーン・サーキット

武田真子

1

部屋には埃が舞っている。

朝の光が赤茶けた染みのついたカーテンの隙間から入ってきて、僕の顔を照らし出す。

朝日っていうのは、眩しくてねばねばした光の集合体で、全く嫌になる。瞼は何だか重たいし、口の中が乾燥してゴロゴロする。足元には潰れかけた缶コーラが転がっている。中身が少し残っていたのだろう、零《こぼ》れた汁が毛布に甘ったるい染みをつくっていた。

足を掻くと乾燥した角質やら垢がポロポロと浮き上がってきて爪の間に入り込む。太腿に引っ掛かれたような痛みを感じて指をジャージの下から取り出すと、黒々としたすね毛が二、三本茶色い指先に絡まっていた。

隣の部屋では祖母が寝ているが、今世界で、自分は限りなく一人だと感じられた。

日溜まりの中でじっとしていると、充血していた股間のモノも段々と落ち着いてくる。

「よし、部屋の掃除をしよう」

大袈裟に頷くと、勢いよくベッドから立ち上がる。それは唐突な思い付きに思えたが、このまま一人でいる虚《むな》しさに酔いしれているよりも、よっぽど良い思い付きに思えた。ベッドから飛び下りると、古いスプリングが悲鳴を上げた。

とりあえず、床に散らばった物を次々とベッドの上に上げていく。足の踏み場もない状態ではどうしようもない。物を少しどけただけで、今までどこにそんなに埃が隠れていたのだろうと思うくらい、部屋中にキラキラとしたものが舞い上がる。

「いてっ」

足の裏で何かを踏んづけたようだ。脱ぎ散らかしたシャツをどかすと、ピンク色の象と目が合った。デフォルメされた大きな瞳が、どうかしたのと言っている。

僕は一生こんなじょうろで植物に水をやることはないだろう。そもそも育てる植物もない。買ったのは、彼女に近づくためだった。

彼女は、近所の百円ショップの店員で、いつも明るくハキハキとした挨拶をしてくれた。

僕は、彼女と何とか仲良くなりたくて、わざと目立つような象のじょうろを買ったり、夜食のカップラーメンを買いに行くふりをしてとにかく毎日通った。彼女に物の場所を尋ねすぎて、僕ももう店で働けるんじゃないかと思うようになった頃にはすっかり顔なじみになっていた。

彼女の緩く巻いたセミロングの髪からは、いつも外国のピンク色のソーダみたいな匂いがした。ピンク色のソーダを飲んだことはないのだけれど、甘ったるくて少しだけすっきりとした香りは、異国の炭酸水を思わせた。彼女が笑うと、背景に白い花や黄色くて丸っこい花なんかが咲き乱れたし、鼓膜がとろけそうになる声はコンデンスミルクをかけたみたいにミルキーで少し淫《みだ》らだった。

時々僕は、彼女が本当に人間なのかと思うことがあった。あんなに腰が細くて顔が小さい子リスみたいな女が僕と同じ人間なのかと。彼女の腕に包丁を入れたら、中にはスポンジやクリームが詰まっているんじゃないだろうか。それとも、彼女の正体は町へ若い人間の男をたぶらかしにやってきたサキュバスだったりして。そんな馬鹿な妄想を繰り広げるほど、僕は彼女に夢中になっていた。

彼女が他の男と歩いているところを見たのは、百円ショップ前の駐車場でだった。杉みたいに細くて不愛想な男と腕を組んで店に入って行くところを見てしまった僕は慌てて百円ショップに飛び込んだ。こちらも顔なじみになっていたガマガエルみたいなおばさんに聞くと、「結婚するからやめちゃったのよ」と言われた。僕の焦り様を見て何となく察したのか、おばさんの口は少しにやついていた。

全く何だってんだ。彼女は僕に気があったわけじゃなかったのか。あのおっぱいは横にいたニキビ面の男のためにあったっていうのかよ。冗談じゃない。

僕はファンシーなじょうろを蹴り上げ壁際まで飛ばそうとした。けれど、象は様々な障害物にぶつかり、回転した後机の下に滑り込んだ。机の下をのぞくと象がスナック菓子の袋や鼻をかんだティッシュと一緒になって転がっている。ゴミに紛れた象は悲しい顔で僕を見つめてくる。僕はしばらくつぶらな瞳を睨《にら》んでいたが、腰が痛くなってくると、ベッドに腰掛けた。怒った顔に見える天井の染みを眺めているうちに、ふと気づいたことがあった。

そういえば、僕は彼女のフルネームを知らなかった。こげ茶色のエプロンに着けられたネーム札にはゴシック体で「中村（恵）」とあった。恵子なのか恵美なのか、今の僕にはもう知る術もない。中村（恵）が杉男と並んで歩いている時、彼女の豊満な胸はレモンイエローのカーディガンの中にしっかりと隠されていた。夕暮れのあたたかな光の中で、金色の光が彼女全体を包み隠していた。柔らかなレモンイエローの波が押し寄せてくる。

ＳＮＳの通知音がしてスマートフォンの画面を見ると、メッセージが表示されている。胸のところに味噌汁の染みがついたくたびれたジャージ姿で廊下へ出て、玄関のドアを開けるとそこにはメガネが立っていた。

メガネは中学一年の夏休みに入る前日、突然告白してきた。僕も、少人数制の小学校から、急に一学年に七クラスもあるようなところへ行って、正直舞い上がっていた。周りでも何となくそういうイセイトノオツキアイがちらほらと出ていた。

今思えばあれは皆、漫画やドラマの見過ぎなのだ。過剰な妄想だけが膨らんで、自分の気持ちが曖昧なまま、熱に浮かされた風船たちが割れていくのを何度見たことか。

メガネとは何となく今まで続いている。まあ青春の高校生時代に彼女ナシなんてかっこ悪いもんなと思う。

「早く入って」

メガネが小さく頷くと、ショートの髪が揺れて首筋に赤いニキビの痕が見えた。黒縁眼鏡をかけた小柄な女の顔についている眼は、前髪でほぼ隠れている。たまに見えると恐ろしいほど小さく、風が吹いたら一緒に飛んでいってしまうんじゃないかと心配になる。

「おい、何だよその服は。スカート穿いてこいって言ったろ！」

「え、だって穿いてるよ……？」

メガネは眼鏡の奥の瞳を震わせて、脂のういた短い指を顔の前でひらひらと振った。

小学校の集団キャンプの時、キャンプ場の炊飯棟で、羽が濡れて飛べなくなった蛾が砂利にまみれたコンクリートの床でもがいていたのを思い出した。あの後、蛾はふざけた上級生の男子たちにトングで摑まれて、松ぼっくりと共に竈の火に投げ込まれていた。蛾は火のついたマシュマロのようにとろりと溶けてなくなっていった。それを見守っていた男子たちの妙に興奮した横顔と、地の底から湧いてくるような笑い声が今でも忘れられない。

「ロングスカートはスカートとは言わねえんだよ。馬鹿、覚えておけ」

ウサギのように鼻をひくつかせている女をベッドの上に突き倒すと、濃い紫色に黄色やピンクの花が散りばめられた長ったらしいスカートを無理やり引きずり下ろす。リボンとフリルが目立つ薄紫色のショーツがみちみちとした太腿にくい込んでいる。運動ができるわけでもないくせに卓球部に入ったという彼女の足はこれからどう成長していくのだろう。ままならない運動で下手に肉がつかないといいけれど。彼女の体にこれ以上アラが増えるのは許しがたい。グレーのパーカーの下にあった白ブラウスを胸まで上げると、なめらかにくびれた腰回りが現れた。

僕が一番好きなのは彼女のこの部分だ。他の場所が気に入らなくても、彼女の腰のくびれがあれば、それらはほとんど帳消しになるくらいだった。

ミルク色の肌にはうっすらとあばらが浮いていて、呼吸するたびに皮膚が筋肉に張り付く。指の腹でそっと撫でてやると電気が走ったように波打つ。へその周りは少し乾燥していて、ひび割れていた。

僕がわざとらしく舌打ちをすると、彼女がビクリと震える。机の引き出しにしまってあったハンドクリームを取り出すと、右手の中指と人差し指ですくう。そのまま舐めてしまいたくなるようなてりと柔らかな甘み。口元へ持っていくと匂いがいっそう強くなった。とろんとしたクリームを指先に向かってゆっくり舌で舐めとる。指の腹に、舌についている小さな一つひとつの突起がぷちぷちと当たる。それを見つめるメガネの眼も熱っぽい。第二関節まで咥《くわ》え込むと、舌の上に苦い味が広がる。ジワ、と唾液が滲んできた。

彼女の下腹部に舌を這わせる。下腹部の力の入り方から、彼女が緊張していることが伝わってくる。構わずに舌を動かしていると、皮膚がしっとりと馴染んでくる。汗をかいているのだ。ぽっかりと空《あ》いたへそに舌をねじ込むと、自分の鼻息で目が熱くなる。舌の先で突っついたり、穴を掻きまわすようにしているうちに彼女の両手が僕の頭を摑んで離そうとする。

顔を上げると、彼女の手首にはためらい傷の痕が見える。古い傷は茶色くなって、一枚下の皮膚にぼんやりと染みついている。新しいものは瘡蓋になっていて、てらてらと光っている。何度も傷つけられた皮膚はもろくなっており、爪で引っ掻くと薄紅色の体液が滲み出す。飴のようにべたついたそれを指で弄んでいると、震える声が聞こえた。

「やめて、汚いよ」

振りほどこうとする彼女の腕を摑む。とても細い腕だ。親指と中指の先がついてしまった。彼女は顔を真っ赤になって顔を横に背《そむ》けた。その眼には涙が浮かんでいる。

体を抱き起こして背中に手を回すとブラジャーのホックを外した。小ぶりな胸が露《あら》わになった。乳房を手のひらで包み込むと、指が柔らかな肉の海に沈み込んだ。撫でまわすと、指の間に充血した乳首が引っ掛かる。指で挟んで転がす。弾力のある小粒が更に硬くなっていく。うっすら産毛の生えた乳房の間に口をつけ、そのまま首筋に向かわせる。さらさらとした産毛が唇にあたる。

途中で鎖骨に浮いた汗の粒を飲んでやった。粘液でべとべとになった口で滅茶苦茶なキスをする。軟体動物にでもなったような気持ちで。舌は意思を持った全く別の生き物なのだ。

メガネの皺くちゃになった顔を見ていると僕の股間も膨らんできた。根元からじんじんとしてきて、サウナに入った時みたいに頭がぼやけてくる。性器の先端から透明な体液が滲んで、パンツに染み込む。こういう時ジャージを着ていて良かったと思う。

キツいジーンズなんて、セックスには不似合いだ。窮屈な服を着ている人間は、同じくらい快楽を押しとどめてしまっているに違いない。

触っていた胸が段々手の中で弾んでくる。吸盤が付いたように手のひらに吸い付いてくる頃には、もう小さな乳首は十分に熟れて皮がはじけそうな葡萄のようになっている。

再び彼女を押し倒して、もう片方の手でショーツを脱がせた。密集した陰毛の隙間からピンク色の肉が見える。両足を開かせて愛液のあふれ出ているソコに指を入れるとヌルリと吸い込まれていく。内側は犬の口に手を突っ込んだみたいに濡れていてあたたかだ。

てらてらと光る肉の壁は宝石の原石を割った時に現れる輝きを放っている。顔を近づけると、海風のような匂いが鼻を突く。ヒダを啜り上げると、滲み出てくる透明な液体は、甘くない蜂蜜の味がする。植物的で、生臭い粘り気をもった体液が舌にまとわりついてくる。ヒダに埋もれている突起を舌で探り当て舌の先で刺激し続ける。ゆっくり、そして激しくねぶる。繰り返していると、女が湿っぽい声を漏らした。

陰茎にゴムを着けて腰を落とす。濡れているし慣れているから中に入れやすい。その分、マンネリ感は否めないが、他に女を見つけて口説き落とすのも面倒なので今はコイツで我慢するしかない。

頭の中で、オレンジ色に熟したパイナップルが、段々と膨れていって遂《つい》には一つひとつの房に分かれて破裂する。その瞬間、頭を思いっきり殴られたような衝撃が走る。むせかえるような甘い匂いだ。後には果実のトゲトゲとした感じと、汁がかかって冷えた指先の感覚だけが残る。急にあたたかかったゴムが邪魔に思えてくる。

だるさが広がった体を離すと、ゴムの中で小さくなった僕の相棒が見えた。ゴムを引っ張ると、引っ掛かって上手く外れない。苛々して引っ張ると、先端が傷に塩を塗った時のように痛んだ。つ、とゴムが抜ける。ティッシュの箱に手を伸ばすと、メガネがそれに気づいて取ってくれた。精液でベタベタになった陰茎をティッシュで拭う。

「さっちゃん。アイスあるけど、食べない？」

ドアの向こうから母親の和子の声が聞こえた。僕は素早くズボンを穿くと、ベッドから下りてドアノブを引っ張った。残った精液がパンツについていて気持ちが悪い。すぐ前まで僕の体の中にあったものなのに、急によそよそしく感じられるのは一体何故なんだろう。

細い隙間から覗いているのは、やけに白い中年女の顔だった。

数年前に、親父に逃げられてから、和子は近所のスーパーでレジ打ちのパートを始めた。途中一時間の昼休憩を挟んで、朝から夜までのフルタイムで勤務している。和子は一日の終わりに、売れ残りの惣菜パックのラップを半分まで剥いた状態で食卓に並べながら、婆ちゃんの年金も年々減っているから大変だと愚痴をこぼす。僕も家族の一員で、一つ屋根の下で暮らしているわけだから関係がないわけではないのだが、そういう薄暗い事情にあまり関わりたくはないと思っている。

和子の頰は入れすぎたチークでおぞましいテカりを放っている。女はどうしてこう歳をとるごとに化粧が濃くなっていくのだろう。

僕が幼稚園生の頃、結婚式にお呼ばれしたといって慌ただしく化粧をして出て行った母の顔は忘れられないほどに綺麗だった。胸も尻も垂れ下がっていなかったし、笑ってもこめかみや口の端に乾いた皺ができることもなかった。ブルーベースの化粧を施した母からは、少しの防虫剤の匂いと、湿った甘い雨の匂いがした。

出かける時に愚図る僕の手をギュッと握ったその手はキンと冷えていて、母が異国の妖精のように感じられた。その日は父が夕食を作ってくれたのだと思うが、あまり覚えていない。母が一日以上家を離れたのはその時一度限りなので、記憶はとっくに上書きされてしまった。

「お友達も来てるんでしょう。ほら、さっちゃんの好きなクッキークリーム、ちゃんと買っておいたから」

お友達っていう言い方はよせよ。気味が悪いと思いながら僕は気のない返事をする。

「まだ足りない時は冷凍庫に入ってるからね。あと」

「何だよ。もういいだろ！」

和子はちょっと顎を引いて、冷蔵庫にお茶入ってるから、お茶くらい出しなさいよと言った。僕が苛立ちを隠しきれないように何度も頷いてみせると、申し訳なさそうに言葉を続ける。

「ごめんね。お母さん、普通の体だったらこんな苦労させずにすんだのにね」

和子には片方の乳房がない。病気で仕方なく切り落としたのだ。和子はよく病気の話をしては目を潤ませる。僕は、正直そんなことはどうでもいいと思っている。病気なら仕方がないじゃないか。何故彼女が罪の意識に苛《さいな》まれる必要があるのか。犯していない罪で悩んでいるような和子が不思議でしょうがなかった。大体、「こんな苦労」って何だ。僕が弱い女を部屋に連れ込んで好き勝手ヤリまくってることの何が苦労なんだよ。誰と遊んだって僕の勝手だろう。遊び相手を親が決めるような立派な家柄でもないのだから、年頃の息子の性事情は放っておいて欲しい。

白壁メイクをした女が玄関から出て行く。僕はメガネにアイスクリームが入った袋を投げつけると、食ったらさっさと帰れと命令した。

「今井君、何か顔色悪いよ。大丈夫？」

ベッドの端に座り込んだ僕にメガネがこわごわと声をかけてくる。睨み付けると、立ち上がりかけていた彼女がシュワシュワと座った。僕から視線を外すことで緊張から逃れようとしたのか、咥えていた木のスプーンをガツガツとカップアイスに突き立てている。

アイスクリームと格闘しているメガネは完璧に服を着直していて、さっきまで僕の下で乱れていたとは思えなかった。毎回あんなことをされると分かっていて、コイツはのこのこと僕の部屋にやってくる。おやつを出されれば、どんなことをした後でも平気でぺろりと平らげていく。太い眉毛がつながったブスは、神経まで図太いのだ。どこまでも可愛くない奴である。

目の前の女が、真っ白なアイスを口に運ぶ。口内で、柔らかな輪郭が体温で溶かされて唾液の海に沈んでいく。糖と脂肪がゆるゆると力をなくして味蕾の絨毯になだれ込む。白い巨体は溶けながらジワジワとレース状の波を広げて、喉の奥にゆるりと吸い込まれていく。

唇からスプーンが引き抜かれる時、弾力のある唇はよく締まり、震え、古臭いジオラマのような音を出す。唇の皮は裏返った皮膚の内側のようにも見える。ブリンとした紅色の肉が閉じたり薄く開いたりしながら、次の獲物を待っている。

引き抜かれたスプーンはジットリと湿り、丸みを帯びた先端から、口にかけて一筋の糸を引いている。唾液とミルクの匂いに混じって、しなびた木の匂いが立ちのぼる。ジュクジュクと下腹部に血が溜まってくるのが分かる。

クソ、こんな女のどこに自分は反応しているのか。

メガネは困ったように体を前後に揺らしている。それに合わせて汗臭いベッドがギシギシと揺れた。僕は彼女の眼鏡を取ると、レンズにたっぷりと指紋をつけてやった。ぺったんぺったんと僕の刻印を擦りつける。曇ったレンズを彼女の顔に戻すと、それで笑ったつもりなのか脂まみれの顔が伸びた餅のようにたるんだ。

小さな目鼻は完全に皮膚に沈み込み、表情の判別がつきにくくなる。そんな時でも彼女の股からは雨の匂いが立ち上っている。この長いスカートの下は僕のせいで洪水になっているのだろうか。短い首に青筋が浮いて、手の甲にも腐ったミミズみたいな血管が浮いている女は、僕を神だとでも思っているのか、何をしても逆らわない。世の中にはもっといい女がいるのに、僕はこの歪な人形で遊ぶことしか許されていない。それが悔しい。お前にはこれで十分だとでも言われているような気分になる。

頼むから、消えてくれ。

僕は従順な人形に、独り言を言った。

2

メガネが帰ると、部屋の中のものを手当たり次第にひっくり返した。

壁に貼ってあるアイドルのポスターをビリビリに破り、週刊マンガ雑誌のタワーを格闘ゲームのキャラ並みに蹴り飛ばした。足に絡んだ音楽プレイヤーの充電コードを、振りほどこうとして派手に転ぶ。

婆ちゃんは耳が遠いから少しくらい音を出したってどうってことはない。漫画とプラモデルが詰まった棚を揺らした弾みで、上に置いていたDVDボックスが落ちてきた。とても固い音がして、秘蔵のDVDと雑誌が床に散乱する。裸の女の子たちは皆うすら寒い笑みを浮かべている。僕はその瞬間、一人で祭壇の前に立ち、沢山の女の子から冷たい祝福を受けているような感覚に陥った。彼女たちの中には、服を着ている人もいたけれど、それは脱がされるために身に着けているものであって、かつて結婚式に出向いた母がしていたような装いではない。

気が付くと、DVDボックスの隣にクッキーの缶が転がっている。筒状の赤い缶には、蓋があって、ご丁寧にハート型のつまみまで付いている。つまみを引っ張ると、ポコンという音がして缶が開いた。中には、コガネムシの死骸やプラスチックのブロックに交ざって、いくつかの石が入っていた。

どうしてこんなものを。

と思い、一つを手に取って眺めているうちに段々と思い出してきた。昔、僕は石が好きだった。図鑑で見た恐竜に憧れて、道や川原で拾った石を本気で恐竜の卵だと信じていた。土ぼこりにまみれた石たちをお湯につけてみたり、せっせと磨いたりして気分を良くしていたのだ。

恐竜の赤ん坊が生まれないことを不思議に思った僕は、石をそっとどこかにしまうことに決めた。自分が四六時中見ているから、恥ずかしがって出てこられないのだろうと考えたのだ。それで、宝箱に入れたまますっかり忘れてしまっていたのだった。恐竜に対する興味が薄れると、幼稚園の友達に影響されて週末の朝にテレビで放映されるヒーロー番組に夢中になり、カードゲーム、ゲーム機で遊ぶようになっていった。

手のひらの中の石は、さらさらとしていた。尖ったところがない滑らかな曲線を持っていて、手のひらで転がすうちに気分が落ち着いてきた。小さくて丸い石を机の上に置くと、ことん、とくぐもった音がした。

床やベッドの上に散乱しているものを元の位置に戻し、ポスターを丸めて折りたたみ、部屋の小さなゴミ箱に無理やり突っ込むと枕に突っ伏して寝た。ゴミ箱から、メガネが捨てていったカップアイスの残骸の匂いがする。ミルクに溺れていくような感覚が僕の体を包んでいった。

朝になると、机の上の石が昨日よりも少し大きくなっているように思えた。手のひらに包み込めるくらいの大きさのそいつを、色あせたジーンズのポケットに入れて、街へ出る。

今日は授業参観の日だ。和子は仕事で来られないし、教室中に張り巡らされる保護者の視線はどうも苦手だった。誰かに観察されながら何かをするのは、すごく家畜じみていると思う。学校での様子なんか成績表で十分だろう。実際親が来てみたところで、子供は何匹も猫を被ろうとするし、それじゃ意味がないんじゃないだろうか。

「おっ、悟《さとる》。あれ、学校は？」

いつの間にか体は涼しい方へと向かっていた。大通りを外れたところにある公園のベンチに腰掛けてぼうっとしていると、カメラを片手にした老人が、まっさらな白いハンカチで額の汗を拭いながら話しかけてきた。ワインレッドのポロシャツを悠長に着こなし、大きな茶色のサングラスにベージュのカンカン帽を被った老人は、祖父の貞夫だった。

ガールフレンドは星の数ほどいたが、今ではさすがに「茶碗一杯分の米粒」くらいの数になっているというのは本人から聞いた話だ。

もう八十過ぎの筈なのに、髪はふさふさとしていて、整髪油でぴっちりと後ろに撫でつけられている。自称写真家の祖父は、いつも一眼レフを首から提げている。僕は密かにいつそのカメラが、徘徊老人が提げる住所と名前が書かれたプレートになるのかとヒヤヒヤしている。

休みだよと言うと、祖父はそうかと頷いた。それでも一応大人としての建前なのか、お母さんは知っているのかなどと聞いてくるが、特に興味はない様子だった。

ポカポカとしたすばらしい日だった。足元には、木々の青紫色の影がサヤサヤと揺れている。遠く離れたところの噴水の周りには小さな子供たちが集まって、露草の葉っぱで作った船を浮かべたり、意味もなく噴水の周りをグルグルと走り回っている。声だけを聴くと、化け物じみたカラスが合戦をしているようだった。

「学校は楽しいか」

「まあね」

それはよかった。

祖父はハンカチを胸ポケットにしまいながら微笑む。彼の右頬が、ひきつけを起こしたように、不規則に痙攣している。

「これさ、昔からなんだよ。どうも緊張するとなるらしい」

「今してるの？」

「してないね。むしろ眠たいくらいだ。癖になっちゃってるのかな」

あたたかな光にほだされるように目を閉じると、子供たちの声だけがこだましている。その間ずっと瞼の裏には派手な曼荼羅が映っている。中心から端にいくにつれて模様が細かくなっていって、湧き水のようにどんどん広がっていく。ズラリと並んだ短い線は、強い逆光で光っている。波紋に似た模様が、いつか自分が女のかけている眼鏡につけた指紋だと分かった時、それは光量を増した。沢山の指紋が幾重にも重なったガラスの向こうには二つの目玉が見える。目やにがたっぷり詰まった細い眼の表面は、噴水の水面《みなも》のようにきらめいていた。

「悟は俺に似ちゃったのかな」

急に祖父がそう言ったので僕は驚いて彼を見た。ベンチの周りにはいつの間にか沢山の鳩やカラスが集まってきて、煉瓦の隙間に落ちたパン屑か何かを必死に突《つつ》いている。

「俺も昔色々やったからさ。だからすごく分かるよ」

シャッターが何回か切られて、僕は目を瞑る。

「でも大丈夫。俺も大人になるにつれて、変わっていったから。そういう時期がちゃんと来るよ」

祖父はそう言うと、微妙な顔をしている僕を見て笑った。

「んじゃ、俺そろそろ行くから」

飴色のステッキをリズミカルにつきながら、祖父が街路樹の向こうへと消える。さんざん光が集まった豪華なグリーンの中に、ぽつりと赤い祖父の後ろ姿が浮かび、季節外れのクリスマスみたいだった。

僕は祖父ではないのに。彼のように金を借り倒したホステスに病院送りにされたこともなければ、実家から勘当され、親戚内で名前を出してはいけない存在にされているわけでもない。祖父は、はっきり言ってろくでなしだ。何を勝手に、過去の自分と重ね合わせて説教をした挙句、可哀想な若者にすこやかな未来を与えたような気になっているのか。そりゃあ親戚だからＤＮＡの一つや二つは似ているかもしれないが、祖父と僕は違う人間なのだ。それなのに、サボりを一度見たくらいで僕の全てを分かった気にならないで欲しい。

公園を出ると、照り付けるような太陽が高くのぼっている。僕はとにかく歩いた。どこへ行くのかは分からない。とにかく真っすぐ進む。右と左の足を交互に出せばよいのだ。

右折する車が多くていつも渡り損ねる交差点の横断歩道を今日はすぐさま渡り切って、中学校裏の肉屋の前を通る。倉庫みたいに小さい完全予約制のパーマ屋を越えるとそこはもう隣町だ。景色が変わっても、頭の中には細かい蜘蛛の巣が張っていて、物事を考えるのが面倒くさい。何かを思い出したいのに、その先のことが考えられない。耳の中に水が入ったみたいに、小さな音でも、反響して大きく聞こえる。横を通り過ぎる車のエンジン音が、猛獣のオーケストラのように響いている。唇は松脂を塗って乾かしたみたいにカピカピになっているし、かといって口の中は乾燥しておらず反対に酸っぱい涎が溢れかえっている。

大通りに出て、いつも客がいない昔ながらの喫茶店や、看板が錆びや土か何かでドロドロになっている小さな本屋の前を通る。駅前だからか、車通りが多く、僕の家の周りとは比べ物にならないほど色んな音で溢れている。

こんな時間なのに、どうみても同じ高校生の女の子たちとすれ違う。自分のことは棚に上げて、僕は不思議な気持ちになった。この時間帯に学校に行っていないんだとしたら、彼女たちは一体いつ学校に行っているんだろう。短い制服のスカートは、何のために身に着けているんだろうか。だるそうに話す彼女たちの後ろ姿を目で追いながら、そんなことを考える。

タクシー乗り場のところに、一台の車が停まった。白いワゴン車から降りてきたミニスカートの女性を見て、僕の足は止まった。鮮やかなイエローのトップスに黒のミニスカートを穿いたその女性は、肩にかけた黒の小さなショルダーバッグをプラプラと揺らしながら、運転席の男に笑顔で手を振った。

明るかった髪は黒くなり、ストレートになっているが、それはまぎれもなく百均の彼女だった。笑うと目の下でピンク色の涙袋がぷっくりと膨らむところが、あの時のままだ。

男の方は彼女との別れを惜しむようにまだ何か必死に話しかけている。すると、彼女はちょっと助手席に忘れた物を取るみたいにして一度車のドアを開けると、歩道側に丸いお尻を突き出して身をかがめ、男に短いキスをした。さっきよりも楽しそうに大きく手を振ると、僕の方を見たにも拘《かか》わらず、まるで知らないような顔をして、さっさとアーケードの方へ行ってしまう。車も低いエンジン音を出して、名残惜しそうに去って行ってしまった。僕はその間ずっと道の真ん中に立ち尽くしていたので、重そうな買い物袋を両手に提げたおばさんや子犬の散歩をしている身なりの良い老人に何度も怪訝な顔をされる羽目になった。

よろよろとタクシー乗り場の標識にもたれかかると、そのまま向かい側の金融会社のレンガ色のビルを見上げた。

運転席に座っていた男は、以前に見かけたヒョロヒョロ男ではなく、反対にずんぐりと太った金髪の小男だった。今日は特別日差しが強いわけでもないのに、メタリックに光る大きなサングラスをつけており、こんがりと日に焼けて歯だけが白かった。きっとあの男に近づいたら、古い煮干しみたいな匂いがするに違いない。

彼女に裏切られたことを知った僕は、意味もなくビルの窓を下から順に数えていたが、半分もいかないところでそれすらどうでもよくなってきて、横のショーケースに映る背の曲がった人相が悪い男の姿を気にしながら、歩くことを再開した。

そして僕は歩き続けた。今までよりもペースを上げて。体の中心に頑丈なエンジンを搭載する。エンジンのてっぺんには、エネルギーを放熱する時に反応するプロペラがついている。それが回る、回る、回る、回る。内臓が破けて、骨が砕け、肉がミンチ状になり外へ飛び出しても、足が止まることはない。気が付けば僕も一本のコースの上を、とにかく躍起になってぐるぐると回っているのだ。足が、熱い。太腿に何か瘤でもできて、ジーンズに擦れているのだろうか。足を踏み出すたびに、ザシュ、ザシュと皮膚が焼けるようだ。

ポケットに手を入れて、慌てて引っ込めた。それはハッとするほど熱い、石ころだった。少しだけ取り出して見てみると、石粒の一つひとつがガラス屑のようにきらめいている。丸みを帯びた表面に昼の光が当たって、ますます輝きを増しているようだった。じっとりと手汗をかいてきたので、それを再びポケットにしまう。

意識を足の方に集中しながら歩みを進める。ズボンの中で重い石が、女の生爪の感触に変わっていった。絶頂を迎える時、若い女の爪が男の汗ばんだ背中に立てられ、吸い込まれるようにしてくい込む。あの、くすぐったいような感じと、後をひく痛みが、今僕のポケットの中に宿っている。湿った肌の上を通り過ぎる風のように、無遠慮で挑発的な力だ。

僕は女が、内腿をさすってくれているのを想像した。白い指には真っ赤なマニキュアが塗られていて、左手の人差し指だけ少し剥げている。これは、女が自分で指先を嚙んだ痕だ。

尖った前歯が、塗り重ねられたコーティングを、くに、と押しのけてしまった。女のネイルは少しだけ自信をなくしたように見える。自分でやったことなのに、女は寂しそうな表情を浮かべる。けれどそれはすぐに消えて、またいじらしく僕の足を触ってくる。最初は遠慮がちだったのが、段々情熱的になっていく。女はいつの間にか、百均の女店員になっている。傷があるのは爪先だけで、あとは陶器のようになめらかだ。

女は自分の匂いを擦りつけるようにして股座を撫でてくる。自分とは違う感触の指が、敏感になっている皮膚の上を這う。全身の血が沸騰して、下の方に溜まっていく。唾を飲み込むと、女が赤い目じりを吊り上げて、にたりと笑う。暗闇の中で、女の生首と指だけが浮いている。不思議と水袋みたいに張った乳房や尻は出てこない。女の動きに遠慮はない。這う指や、湿った舌がゴミ袋を漁る飢えた獣のように動き回っている。

ジーンズの狭い生地の下に、熱がこもっている。歩きにくくなっていることに気が付いて、下を見ると股間のモノが肥大している。ジッパーが容赦なく締め付けてくるので、どうにかしてこの熱を外へ逃がしてやらなくてはいけなかった。助けを求めるように、石をもう一度触った。すると、先ほどまで焼き石のように感じられた温度が、今度は冷静なほど冷えている。

いや、そうではない。僕の体が石の温度を超えていたのだ。指先を巡る血はドクドクと波打ち、息が上がっている。何かが吠えていると思ったら、それは自分の荒い鼻息だった。太腿にあった熱は、今や全身に広がっている。太陽は傾いていて、額に汗が流れた。

僕は青みがかった鉱石をまじまじと見つめると、親指の腹でそっと撫でた。触ったところに脂汗が染み込んで、うっすらと淡い影ができた。

3

今日も熱がこもった狭い部屋で、自分からやって来たメガネを抱く。別に頼んだわけではない。頃合いになると、彼女の方から連絡が入るのだ。女の片足に引っ掛かっているショーツや、皺の寄ったシーツには、ヌルヌルとしたものが染みついている。

骨ばった足の甲からふくらはぎ、太腿に指を這わせ、湿ったところの表面を軽く弾いてから、中へ割り込んでいく。メガネは困ったような、何かを耐えている囚人のような顔で、口元だけに密かな笑みを浮かべている。

「今井君は私の天使なの。今井君は、私のこと嫌いでしょう。だから好きなの」

呼び出された武道場の裏で、メガネはそう言ってにやりと笑った。彼女は夏なのに長袖のシャツを着ていて、それでも青白い肌には汗一つ浮いていなかった。地面にはいくつも水溜りができていて、その一つに彼女のスカートの中が映っていた。彼女は何故かパンツを穿いていなかった。紫色の影の中から白い足がスッと伸びて濡れた地面に沈み込んでいる。

「体ならいくらでもあげるから、お願い。私に興味をもたないで欲しいの。でも私は、今井君だけのものになりたい」

　メガネはそれきり話さなくなった。彼女が言っていることは支離滅裂だった。自分を好きにならないでいて、僕に愛されたいとは、一体どういうことなのか。

　僕が一歩を踏み出すと、彼女はちょっと怯えたような表情を見せた。一歩、また一歩とメガネを壁際まで追い詰めると、辺りがさっと涼しくなった。彼女は並んだ大きなガラス戸を背にして立っている。ガラスの向こうには格子状の柵があって、剣道の防具が干してあったり、運動部の横断幕が張ってある。仕切りの奥を埋める色たちに僕らの影が映って、一つひとつがぞろぞろと動いているように見える。

　蝉の声が煩い。学校の細いわき道を、大型トラックが走っていく。今しがた吐き出された排気ガスが、道路の上に取り残されていた。煙に混ざった油の匂いが鼻をついて僕は顔をしかめた。

　その日は、注文した新作のゲームが家に届く日だった。田舎は、店に並ぶのが発売日より少し遅れる。それを見越して、ネット通販に頼り、友人たちよりも早くゲームをクリアしたいと考えていた僕としては一刻も早く家に帰りたいところだった。それなのに、目の前の女はおかしなことを言っているし、武道場裏には不快な匂いが蔓延している。

通行量が多い学校近くの交差点では、事故が後を絶たない。実際に、僕も白い軽自動車と青のワゴン車が衝突するところを見たことがあったし、帰る時にはなかった血の跡が、翌朝アスファルトに飛散しているのを何度か発見したこともある。

あまりにも事故が多いということで問題になったのか朝、警官がたまに立つようになった。黄色い旗を前に大人しくしている車たちが僕は怖い。エンジン音と共に車体が震えているのは、本当は人を殺したくてしょうがない何かが、何とかその衝動を抑えているからのように見える。

車が人を殺すのではない。人が人を殺すのだ。

メガネがぐっと僕の方に顔を寄せて呟く。

「今井君、私を好きにしていいのよ。何をされても、私だけは絶対に今井君を嫌いにならないから」

メガネは僕の手首を掴むと、引っ張っていきなりスカートの下に突っ込んだ。

スカートのプリーツがさらさらと腕を撫でた。指先が何か生暖かいものに当たる。つぶつぶとした毛の感触、そしてその後にくるぬっと奥に入るような肉感を、僕は知っていた。

まさぐると滲んでくる体液はまるで潮の満ち引きのように指の問を通り過ぎていく。ふっくらとした内壁は、弾みながらも指先に寄り添ってくる。指を引き抜き、粘液で鋭く光る指先を咥える。それはあっというまに僕の舌に舐めとられてしまう。お菓子をねだる子供のように、僕はそれを欲した。

僕はズボンのチャックを開けると、濡れた手で彼女の手首を摑んだ。すると彼女の動きが一瞬硬くなる。自分の手首が気になるらしかった。つられて視線を寄せると、袖の間から、手首に幾筋もの赤い線が走っているのが見えた。

長い前髪に隠れた萎みかかっているような目玉があからさまにぐらついている。

「お前が自分で呼んだんだろう。なあ、言ってみろよ。僕の何が、そんなに怖い？」

妙に厚ぼったい唇が、だらしなく開かれている。それなのに、言葉を発する機能を失ったみたいだった。その時手が滑って、彼女の柔らかな手のひらに爪がくい込んだ。

痛い、と急に大きな声を出した口を、彼女が息を吸い込んだと同時に自分の唇で塞いだ。むせかえるような苦みが舌に絡まり、強い酸の匂いがした。咄嗟に顔を離すと、メガネは俯いて、自分のローファーの先を見つめている。

「ごめんなさい。変な味したでしょ。薬のせいなの」

ふうっと息を吐くと、緊張していた糸が切れたように、彼女は懺悔の言葉を口にし始めた。気持ち悪くてごめんなさい、から始まり、好きになってごめんなさい、までは何とか聞き取れたものの、後はよく聞こえないような、聞こえても意味があまり通らないようなことばかりが彼女の口からとめどなく溢れてくる。生きていくのにお腹が空いてごめんとか汚い顔で廊下を歩いてごめん、などというようなことを誰のためでもなく吐き出している。

「だからね、今井君、ごめんね」

やっと見えた彼女の瞳には、穴が空いていた。その眼には、きっと僕が映っていないのだ。

僕はもう一度、影の中のひび割れた唇を吸い上げると、綿布団のような太腿を押し上げて、その奥に自分のモノを入れ込んだ。その間中、メガネはずっと何かに対して謝っていた。僕の名前を呼んでいたけれど、それはつい口から出てしまう独り言に似ていて、何の意味も持っていないことを僕は感じていた。彼女も本当のところでは、僕を好きではないのだろう。だから、彼女は自分の奥底にある無垢な部分に罪悪感を抱いているのだ。

彼女の内側にあるのは、圧倒的なあたたかさだった。建物の陰にいるからか、太腿が病的に白い。血管が浮かび上がって、やけにはっきりと見える。肉のついた標本があったらこんな感じだろうなと思った。何度か突き上げるうちに、熱い痙攣の波が近づいてくる。後からやってくるだろう、脱力した仄暗い時間のことは考えない。

今は、あたたかさに夢中になっていたい。少しの熱も逃さないように、熱い吐息が漏れる小さな紅い唇に自分の唇を強く押しつけた。

4

父に逃げられた母が酒に溺れていた頃、リビングのフローリングの上に裸で酔いつぶれていた母を部屋に連れて行こうとした。その時の母は急激に痩せ、日の下にいても、蠟人形のように真っ白な顔をしていた。

乳癌に罹《かか》った母の左側の乳房はなく、つるっとした胸部にうっすらと赤い手術痕が残っている。術後に豊胸手術である程度元の大きさに戻すこともできると言われたのだが、母は元々傷が治りにくい体質だった。これ以上傷をつけたくないと言う母の僅かな乙女心を尊重して、豊胸手術は行わなかった。左右非対称な胸は、見ていて何だか不思議な気持ちになる。僕がかつて吸った筈の乳首の片方はなくなっている。つまりは僕を育てた母の何パーセントかは、もうこの世にいないということなのだ。彼女が死んで棺桶に入る時、失われたパーツがあるというのはどんな気持ちなのだろう。

ぐったりしている母を何とか起こし、手を引いてベッドに連れて行き、横たわらせた。フワフワとしたシーツの波の中で、母の体は青白い光を放っている。

強い匂いが体から放たれているのを感じて、僕は衝動的にその香りの根源、母の股の間に顔を寄せた。沢山の落ち葉を洋酒に漬けて、寝かし込んだような匂いだった。土と落ち葉の下に潜んでいた虫たちが、アルコールに溶かされて腐っている。良い匂いとは言えないのだが、何故か僕はそこから顔を放すことができない。

突然、起き上がった母に頭を掴まれて、匂いが立ち込めるその場所に顔を押しつけられた。僕は驚いた拍子に、大きく息を吸ってしまった。一気に香りを吸い込んだせいで頭が真っ白になる。眉間の奥で、何か太い筋が切れたような感じがあった。僕は夢中で肉のヒダを指で掻き分けると、奥から滲み出てくる汁を啜って舐めた。夜な夜な樹液を吸いに来る昆虫のように、無我夢中で舐める。そこに母の姿はなかった。あるのは女の性器と、僕の荒い息、頭の上から漏れ聞こえる声だけだった。

5

やって来ていたメガネを追い返して暫くすると、玄関のドアが開く音がした。続いて、車の鍵を棚に置く音と、買い物袋が床に置かれる音がする。向かうとやはり、仕事を終えた和子が玄関にどっかりと座り込んでいた。サンダルの留め具がなかなか外れず、苦戦しているようだ。前かがみになった和子は、伸びた髪を後ろで団子に結っている。首筋に浮いた黒子が体の動きに合わせて右に、左にと揺れている。伸びて開いているシャツの後ろに手を入れる。分厚い下着の上から、背中をそっと撫でた。その途端、母がものすごい勢いで立ち上がり、眩しがっている人のようなポーズをとっている僕に、何事もなかったように「ただいま」と言った。

「今日はあんかけ肉団子よ。さっちゃん好きだったでしょ。いつも通り、出来合いのものだけどいいわよね」

それじゃあお母さん、ご飯の準備しなくちゃいけないから。母は廊下の途中まで行って、買い物袋を持っていないことに気が付くと戻ってきて、袋を摑んで逃げるように玄関を後にする。

僕は呆然として、それから静かに自分の部屋へ戻った。

和子は僕を、幼い頃のように、さっちゃんと呼ぶようになった。手術をする頃には、一度友達の前で呼ばれて不機嫌になった僕を気にして、名前で呼ぶようになっていたのに。

さっちゃんと呼ばれると、無条件で僕は母の子供になった。いつでも、彼女の子供であることには違いないのだが、そう呼ばれるのは彼女との秘密の時間がなくなったことを意味していた。「それ」は、彼女と僕の間から、完全に切り離され、ないものとされていた。僕は彼女の息子だったが、和子に求められてはいなかった。それが分かった時、僕は恐ろしいほどの寂しさに襲われた。毎晩枕を抱きしめ、ベッドにいきり立った性器を押しつけ気が済むまでオナニーをした。

毎日苛々していて、遂に中学へ入学する前の春休みに、可愛くて皆よりもちょっとませていたクラスの女の子に連絡をとって、家に遊びに行った。とうとうある日母とやったようにセックスをしてみたけれど、和子とのような満足感は得られなかった。最初はニコニコ笑っていた女の子も、ちょっと入れただけで

「痛い、痛い」と泣き出して大変だった。あまりに騒ぐのでやめようとすると、それは嫌だと言う。気の強い子だったから、とにかく誰よりも早く初体験を済ませたいという気持ちがあったらしい。共働きの家で、両親が忙しく、二日続けて同じ服を着ていたりしている子だったから、どこか寂しかったのかもしれない。

僕はくたくたになって、それきりその子とは会わなくなった。中学に入ってからも何度か家の電話に連絡が来ていたけれど、無視していたら、暫くしてサッカー部の先輩と付き合っているという噂が流れてきた。僕はまた大きな孤独の中に取り残されたことを知った。

毎日が寂しくて、切なくて、自分から離れた筈なのに、その女の子が忘れられなくて、二、三度、夜中に抜け出して家の近くまで行ったりした。彼女の部屋の灯りが点いていると、今まさに窓が開いて、彼女が笑顔で僕に手を振ってくれるんじゃないかと思った。淡い希望を抱いてしまうのは女の唇が唯一、あたたかなことを知っているからだった。

けれど、不思議と学校にいる時はそのことを考えることがなかった。授業プリントが回ってきて、前の席に座っている女の子と目が合っても、その子の下にあるピンク色の肉に思考が直結することはなかった。常に孤独の風を肌に受けてはいたが、他にすることがあればその軌道を僅かに逸らし、厭な考えを分散することができた。

だから、僕が抱えている弱みは、誰にも気づかれずにいた筈だった。

それなのに、武道場裏に呼び出されたあの日、メガネは僕がひた隠しにしてきた仄暗い感情をとらえて、じっと見つめていた。誰かに必要とされるのは、とても気持ちが良かった。

僕は、僕だけのものを手に入れている。世界になくてはならない存在なんだ。

そうだろうと枕元に放り出してあった石を拾い上げる。シーツに小さな染みが広がっている。指がヒヤリと冷たい。見ると、石に亀裂が入っていて、そこからポタポタと水が滴《したた》り落ちているのだった。傾けると、どっと液体が溢れてくる。少し濁った水は、何だか甘い匂いがする。中は一体どうなっているのだろうと割れ目に指をかけた時だった。指先に激痛を感じて、一瞬指を放した。

支えを失った丸い石ころは真っすぐ、僕の足元近くに落下して、見事に真っ二つになってしまった。残骸の隙間から、小さな蜘蛛が這い出してきて、ドロドロと流れる水を悠々と飲んでいる。僕はカッとなって、割れた石の片方を摑み取ると、断面を下にして蜘蛛を押し潰した。指の下で肉が潰れる感触がして、少し後悔した。破片を持ち上げると何ともグロテスクな体液が石の断面を濡らしていた。水飴のように糸を引くその液体は、赤葡萄をすり潰したような色をしている。さっき石からした匂いは、こいつだったんじゃないかと思う。

舐めると、甘い樹液で作った古酒のような決して美味しくはない味が舌の上に広がる。それは、まさに思い描いていた母の味だった。たまらなくなって、石を丸ごと口に放り込んだ。口の中を切ったのか、唾液に少し血の味が混じっている。匂いはまた一段と強くなって、鼻の奥がツンとする。あまりの匂いに、鼻汁が垂れ、頭が痛くなってきた。

それでも僕は舌を動かすことがやめられなかった。あの味はとっくになくなっていて、今ではただ目の細かいやすりを舐めているような感じだった。それでも、体は味を覚えていて、唾液がだふだふと湧き、半開きになった口の端から流れ落ちた。

噛まれた指は元の倍以上に腫れているし、絶え間なく響くような痛みが、患部から脳の方までせり上がってくる。体の中心が震え出す。

僕は部屋を飛び出すと、真っ暗になった街に飛び出した。腕を大きく振りながら、後ろから押されるように、次々と左右の足を前に出す。膝がガクガク言い出し、視線が一点に固定される。肩や首に余計な力が入っていて、歩きながらも既に倦怠感が全身を包んでいる。頬が熱く、粘質な涙が滲んでくる。

口の中の石が揺れ出したと思ったら、僕の口から獣のような唸り声が漏れている。鼻の奥にあったツンとしたものが、脳味噌全体に広がり、頭全部にガスが溜まってそれが爆発寸前のところまでいっている。

股間のモノはもう十分に膨らんでいるが、今はそれどころではない。

僕はとにかく早足で歩かなければならなかった。ぐんぐんと上がっていくスピードに合わせて、耳元で鳴るエンジン音も大きくなっていく。ジョギングをしていた老夫婦が、すれ違いざまに僕を見る。次の角を右に、次も、そのまた次に曲がるのも右だ。すると、家の前に着く。見慣れた玄関の前を通り過ぎて、真っすぐ行ってからまた同じポイントで右に曲がる。さっきよりもすぐに老夫婦を見つけた。彼らは僕に気が付くと、横の小道に入ってしまったから、今度はすれ違わない。

乾いて小さく萎んだ化石をじうじうと吸う。

自分はまだ、諦め切れない子供なのだ。

蜂蜜の匂いが満ちた暗いサーキットの上を、僕はヘッドライトも点けずに、いつまでも巡回している。

エクレア

船渡奏子

「お見合いですか」

「ああ、見合いや」

ブラウンの革張りのソファーに子豚がどかっと座る。見た目は8点。ビジネスの腕は確かなのでプラス50点。関西弁なのでマイナス12点。

社長室に呼び出されたから何かと思えば、社長は僕に見合いをしてほしいらしい。相手は社長の娘で手渡された写真をもう一度見るとそこには85点の女性が写っている。おそらくこの社長の本当の娘じゃないだろう、顔からして。再婚相手の連れ子か。隣の部署のお局《つぼね》様が吹聴《ふいちょう》していたな。その娘を溺愛《できあい》していると。

「どないすんねん。見合いするの？　せぇへんの？」

僕の答えを急《せ》かすと目の前の子豚が煙草に火をつける。喫煙者はマイナス15点。落ち着きなく貧乏ゆすりまで繰り出して、分厚い眼鏡をカタカタ揺らしている。彼は恐ろしくせっかちで心にゆとりがなく、品もない。マイナス20点。次第に煙が部屋に充満していく。子豚が吐いた煙が僕を汚していくような気がするので早々に答えを言ったほうが良さそうだ。僕はできるだけ煙を吸わないように浅く息を吸った。

「お受けします」

はっきりとした声が煙を切り裂き子豚の鼓膜を揺らすと子豚は豪快に笑う。

「がっはっは、さすが太田くんや。わかっとるな。がっはっはっは」

時折鼻をブヒブヒ鳴らしながら笑う。その様子に思わずあざ笑ってしまいそうになる。いけないいけない。お得意の営業スマイルを貼り付け子豚が差し出す前足と握手。汗ばんだ手を仕方なく握り返して差し上げた。

「ほな見合いについては後で連絡するさかい、下がってええで」

そう言って僕をニタニタした下品な目で見てくる。気持ちが悪いからマイナス30点。僕は失礼します、と一礼し足早に社長室を出た。

廊下を歩きながらハンカチで手を拭く。これだけじゃ、綺麗にならないか。総計マイナス19点の子豚は相変わらず気持ち悪かったな。

そう思いながら僕は手洗い場へ入っていった。


今日も2時間ほど残業をして会社を出てきた。帰りの電車は相変わらず満員で見渡す限り疲れた社会人の顔で埋まっていた。ドアが開くたびに洪水のように流れていく人波に乗り、電車を降りる。改札を抜け、ふとスマートフォンを見てみると一本の着信が入っていた。父さんからだ。珍しいと思った。父さんはあまり自分から電話をかけてきたりはしない。父さんはどうも電話が苦手らしく、ほとんどの連絡をメールでこなすのだ。

もしかしたら何か用事が入っていたかもしれない。そう思い僕は通路の脇に寄りビジネスバッグから手帳を取り出しスケジュールを確認する。けれどそこにはこれといった予定は見当たらない。なにか緊急なのだろうか。とりあえずかけ直してみるか。近くにある出窓の段差に手帳を置くと僕はスマートフォンと向き合った。着信履歴にある〝父さん〟の文字に不安を感じる。小さな液晶の中の文字は僕の心をザワザワと乱した。嫌な予感がする。一度鼻から空気を吸い込むと意を決したように僕は折り返しの電話をかけた。冷たいスマートフォンを耳にあて無機質なコール音を聞く。プルルプルル。電話の相手はすぐに出た。

「もしもし、誠か」

「ああ、どうかした？」

焦ったような父さんの声に少し驚きつつも僕は冷静に返した。

「落ち着いて聞いてほしい。幸恵さんが死んだ」

騒々しい人々の群れが息を止めたように静まる。僕は父さんの言ったことを何のためらいもなく受け入れることができた。そうか、あの人は死んだのか。

「餓死《がし》だそうだ。ろくに食べていなかったようだから。今日の昼に麻美が家に着いた頃には亡くなっていたみたいで。葬儀の予定はまだたっていないが、一応行ったほうがいいだろう」

早口の父さんの声を遮《さえぎ》るように僕は言う。

「父さん、僕は葬儀には行きません」

はっきりした声に父さんは電話の向こうでため息を吐《つ》く。父さんは僕がこう言うことをわかっていたのだろう。

「ああ、わかった」

電話はすぐに切れた。スマートフォンを耳から離すといつもと変わらない人々の話し声や足音が戻ってくる。帰路を急ぐスーツ姿の人々がまるで行進しているみたいだ。

僕の目の前を女の長い髪が横切る。細い髪が青白い駅のライトを反射してキラキラ光っている。風が吹くと髪がなびいて、女の白い首筋をあらわにする。僕はその美しさに見とれた。女はスピードを緩《ゆる》めず僕を置いていくように歩いていく。女が遠くに見える。やがて人々の群れに押しつぶされるように消えてしまった。


広い窓から注ぐ暖かい陽射しも、ゆっくり回るシーリングファンも、清潔感のあるモダンな店内も悪くない。見合い当日だ。日当たりの良い窓近くの席に座り店内を見渡す。なかなかいい店だ。会場に指定されたのは都心の一等地にあるカフェだった。都心といってもカフェの周りには整備されている小さな公園の緑があり、都会の喧噪を思わせないほど落ち着いている。店内にはひきたてのコーヒー豆の香りが充満している。

「お待たせしました。ブラックコーヒーでございます」

「ありがとう」

僕が微笑んで感謝の言葉を口にすると、女従業員は照れたような様子で一礼しカウンターへと戻っていく。なんて簡単な人なのだろう。僕にとって女は皆こんな感じだ。

そこまで広くない店内には従業員が3人ほどいた。みな揃いのシンプルなウエイター姿で優雅に働いている。一人は皿を拭き、一人はオーダーを聞き、一人はゆっくりとコーヒーを淹《い》れる。何も優雅なのは従業員だけではない。周りにいる客までもが上品で麗《うるわ》しい。入り口付近の席に座っている老夫婦は映画雑誌を見ながら談笑している。カウンター席に座っているスーツ姿の女性は小説を読みふけている。中年女性二人連れの客は笑うたびにハンカチで口元を隠している。

目の前に置かれた青磁色のカップを手に取る。中には湯気をあげるブラックコーヒー。顔に少し近づけるだけで強く香り、僕は目を閉じる。なんていい香りなんだろう。苦味があり、それでいて爽やか。鼻腔《びこう》を通り抜けると香りは口の中までも満たし、まだ口をつけていなくとも簡単にその味を想像することができる。コーヒーの表面には薄っすらと油分が浮かびキラキラと光った。カップを傾けるほどにその光は多彩な色を放つ。鼻先を包む温かな湯気を感じながら僕はゆっくりとコーヒーを口に含む。ぱっと広がる香りと苦味。後に残るしつこさはなく、一瞬にして消えていく。これぞ完璧。

このコーヒー一杯も店の雰囲気も店内にいる従業員や客の品性もほぼほぼ完璧で僕にふさわしい。珍しく80点オーバー、すなわち合格点をつけたくなった。

しかし残念なことだが、この空間に合格点をつけることはできない。いや、できなくなった。ここにはふさわしくない客が来店した。僕が待っている見合い相手ではない。

数分前に店に入ってきた客は年端もいかないような少女だった。おそらく中学生くらいだろう。真新しい白いワイシャツに赤いミニスカートを穿いている。足元にはボロボロになったスニーカー。髪は半年は手入れしてないんじゃないかと思うほど伸び放題だ。服以外の身嗜《みだしな》みがひどく唯一まともな服だけが浮いて見える。はっきり言って似合っていない。そんな彼女の姿を店内の全員が横目で見ていた。周りから聞こえるヒソヒソ声。その行為はあまり感心しないけれど、言いたいことはわかる。僕も汚らしい少女を視界に入れたくないさ。しかし最悪なことにその少女は僕の目線の先の席に座った。席の場所こそ離れているものの僕が正面を向けば彼女が必ず視界に入る。それが異様にイライラする。品がなく貧乏ゆすりでもするんじゃないかというくらい僕の心は乱れた。

僕はこの少女を以前に見たことがある。

彼女を見かけるのは決まって残業の帰りだった。終電間際の駅。仕事に疲れた人や酔っ払いが行き交う広い通路の脇にある寂れたロッカーの横。そこがあの少女の定位置だった。ほとんどの人は少女が見えていないように素通りするだけ。

入社当時、僕はその少女に話しかけたことがあった。そのときは家出の少女かなにかだと思っていた。

「どうしたの」

ただの気まぐれの親切心だったと思う。俯《うつむ》いている少女に話しかけると彼女はビクつきながら僕のほうを見上げた。彼女はまるで威嚇《いかく》する子猫みたいだった。鋭い目つきが僕を突き刺し、警戒心をあらわにする。赤い唇を噛み締めながら僕を頭のてっぺんからつま先までじろじろ観察すると彼女は訝《いぶか》しげに問いかけた。

「ハシモトさんですか」

「はい？」

彼女の声はか細く通りゆく人々の足音に紛れてしまう。僕が反射的に聞き返すと彼女はまた同じように問うだけだった。

「違いますけど」

何度か繰り返しようやく聞き取れた彼女の問いに答える。彼女は安心したのか残念がったのかわからないがため息を吐き出した。彼女の問いからするとハシモトさんという人と待ち合わせをしているらしい。こんな遅い時間にこんな少女と待ち合わせするなんて非常識な人だと思った。

「もう遅いし危ないから帰ったら」

僕が提案すると彼女は何も言わず首を振った。断固として待つつもりらしい。その頑《かたく》なな姿勢に今度は僕がため息を吐いたときだった。

「おい、俺のに何か用か」

背後から聞こえる野太い声に振り返る。そこには恰幅《かっぷく》の良い男がいて、憤慨《ふんがい》したように顔を赤くしていた。男の体臭だろうか、ひどく酸っぱいような匂いがする。思わず顔をしかめてしまう。男は僕を睨《にら》みながらジリジリと距離を詰めてくる。正直言って勘弁してもらいたい。

「ハシモトさんですか。非常識ですよ、こんな時間にこんな子を呼び出すなんて」

あまりにひどい見た目と態度から自然と悪態が出てしまう。これは僕のせいでなくきっと彼のせいだと思う。男は僕の言葉を聞いてキョトンとしたが、なにか合点《がてん》がいったように腹を抱えてゲラゲラ笑いだす。大口を開け、唾を飛ばしながら彼は喋《しゃべ》りだす。

「こんな子？　こんなやつだから呼び出すんだろう。お兄さんは知らないだろうけどこの女はな、これで金をもらってんだよ。エンコーだよ、エンコー」

僕は男の言葉を聞いてとっさに少女を見た。まだ中学生くらいの少女が援助交際しているということをにわかに信じることができなかった。少女は僕が話しかける前と同じように俯いていてその表情を窺《うかが》えなかった。男は彼女の腕を摑《つか》みぐっと強引に引っ張って肩を抱いた。

「お兄さんは優しいから関わらないほうがいいよ。この女本当にやばいやつだから。じゃあ、俺たちもう行くわ」

男と少女は人ごみの中に紛れるように消えていった。少女は何も抵抗もせず男のされるがままで、男の言ったことが事実であることを肯定するようだった。

そんな出来事があってから僕は彼女を見かけても他の人たちと同じように素通りするのが当たり前になった。見かけるたびに変わる少女の商売相手を見て嫌悪を感じる。僕は素直に彼女に関わりたくなかったし、関わることなんてもう一生ないのだと思っていた。

けれど、今日会ってしまった。彼女は僕のことを覚えているだろうか。いや、覚えていなければいい。もし、僕を覚えていて故意に僕に接近してきたのならば気持ち悪すぎる。彼女を視界に入れないように窓の外を眺《なが》めコーヒーを飲む。先ほどとは打って変わってコーヒーがうまくない。まるで泥水をすすっているみたいだ。汚れた少女がずっと僕のほうを見ている気がする。目を合わせたくないので確認はできないが、きっと駅のロッカーの横にいるときのような男を探す目で僕を見ているはずだ。一秒でも早くこの状況を壊したかった。少女がこの店を一刻も早く出て行くか、はたまた僕が出て行くか。いっそ見合いをふけてしまおうか。

そう思っていたところに店のドアベルの音。カランコロン。反射的に見るとそこには僕の見合い相手がいた。タイミングがいいのか悪いのか。気持ちを切り替えドアの前にいる彼女を手招きして呼ぶ。

「こっちこっち」

「あ、すみません。お待たせしてしまって」

そう言いながら近づいてくる女性はお見合い写真で見たのと変わらず、いやそれ以上に上玉。

千歳《ちとせ》ゆき。25歳。白い肌に黒々とした大きな瞳。髪は艶の良い黒髪。薄ピンク色のワンピースは一つのシワもなく、ヒールのある靴もよく磨かれているようだ。体型は太くもなく細くもなく全体的に丁度良い肉付き。ただ、豊満な胸は目を見張るものがあり、俗に言う巨乳好きという性癖の人にはたまらないだろう。あいにく僕はそういうことには興味ないので関係ないのだが、とりあえず見た目に関しては合格点をあげよう。

彼女は僕を待たせてしまったことをしきりに謝ったが、実際に彼女が店に到着したのは約束の時間の5分前。謝る必要などないのだが、僕を待たせたことを相当気に病んでるようだった。頭を下げるたびに揺れる髪が美しい。とりあえず彼女を落ち着かせるため椅子を引き彼女を座らせてやる。

大抵の女はお姫様扱いされるのが好きだ。歩道の内側を歩かせ、車ではわざわざドアを開けてやり、ときどきサプライズで花束を贈ってやる。こういうのに弱い。けれど彼女は僕が椅子を引くと喜ぶどころか「恐縮です」と何度も頭を下げ恐る恐る椅子に座った。その様子に柄にもないが可愛らしいと感じた。もし千歳ゆきが彼女の義理の父親のような人だったらすぐに帰ろうと思った。いくら美人であっても性格が伴わなくては意味がない。けれどそんな心配はいらなかったようだ。男慣れしていないのか僕が何かをしてやるたびに照れる純な反応は僕の心をくすぐった。

千歳ゆきはよく喋る人だ。次々と話題を出し、それはそれは楽しそうにおしゃべりをする。けれどその中にも一所懸命さがある。それなりに緊張しているのだろう。僕は彼女に比べて結構年上だし、身なりも綺麗で容姿もいいから仕方がない。それに僕にとって話を聞くのは苦じゃない。適当に相槌《あいづち》を打っていればいいからむしろ楽だ。

時折彼女の肩越しに少女が見える。絡まった毛玉のような髪を少女はしばしば撫《な》でるようにさわった。前髪は長くまばらで、目に入るのか忙《せわ》しなく瞬きをしている。忙しないのは何も目だけではない。彼女の手も落ち着きがないように首の後ろや脇腹、頭をぼりぼりと掻きむしっている。彼女が髪に手を突っ込んで頭を掻くたびに肩にフケが降っていて気色が悪い。

その少女は僕と同じ色のカップを両手で持ち、口でフーフーと息を吹き出しコーヒーを冷ましている。まつげの長い両の目はカップの中の液体ではなく完全に僕を見ている。僕の視線と少女の視線が合わさると彼女はいやらしく笑う。赤い唇が綺麗な弧を描く。慣れたような笑い方はその少女に見合っていない。ませている態度が気に入らない。その少女の笑みに心の中で舌打ちしながら僕は千歳ゆきの長いおしゃべりに相槌を打っていた。

千歳ゆきは僕のことを好きになっただろう。はじめにあったときより緊張もほぐれているし、何よりも度々合う彼女の目線に熱を感じる。小さい頃から好意を持たれることが多かった僕はすぐにわかる。対して僕は彼女のことを好きでもないし嫌いでもない。いい子だな、と思うくらい。自分の隣に置いてもいいような人間ではあると思うし、条件も悪くないので結婚はしても良いと思う。ただ、今こうやってお見合いしているのにもかかわらず、結婚するというビジョンが僕は全く想像できない。

もしこの子と結婚したらどうなるのだろう。

会社では次期社長というポジションを得ることができる。より強固な僕への信頼感や期待も生まれるだろう。それに関しては何の問題もないだろう。問題はきっと夫婦生活だ。

家に帰り玄関のドアを開けると千歳ゆきが僕を出迎える。それから彼女が作った夕飯を食べ、同じベッドで眠るのだろうか。一人の生活が長かったからか、その当たり前であろう夫婦生活にひどく違和感を覚える。しばらくしたら彼女は子供を欲しがるだろう。そのときは僕が彼女をベッドに組み敷いてセックスするのだろう。千歳ゆきの裸体が横たわり、白い肌がオレンジ色の光に照っている。乳首やヴァギナを刺激してやるたびに女は喘《あえ》ぎ、自分一人だけ高揚していく。そして熱い吐息を吹きかけながら僕を求めるのだ。そのとき僕は彼女が求めるものを与えられるのだろうか。思案に耽《ふけ》れば耽るほど彼女のしゃべり声が遠のき、テーブルのコーヒーは冷めていく。

打たれた頬がピリリと熱かった。中学2年の夏。

付き合って3ヶ月ほど経った彼女を親のいない部屋に連れ込んだ。誘ってきたのは彼女のほうだ。世間話で親が旅行に行っていると言うと一つ年上の彼女は熱を持った女の目で性交渉を求めてきた。僕はそれを拒《こば》まなかった。その頃の僕は自分を持っていなくて、彼女の家来のような人間だった。彼女が乱暴にしてと言うから彼女を乱暴にベッドへ押し倒し、薄いスクールシャツをまるで破くように剥《は》ぎ取った。ボタンが飛ぶのも構わなかった。現に一つか二つ、白いボタンが飛んでしまったが彼女はそれを嬉しそうに笑いながら見ていた。次に彼女が優しくしてと言うから彼女の胸やヴァギナを指や舌を使って愛撫《あいぶ》してやった。しばらくして彼女が挿《い》れてと上目遣いでお願いするから自分のペニスを挿れようとした。しかし僕は彼女の狙い過ぎたお願いを聞くことはできなかった。僕のペニスが勃《ぼっ》起《き》してなかったのだ。挿入前にあたふたしている僕を不審に思ったのだろう。どうしたの、と猫なで声で彼女が言う。そして彼女はゆっくり起き上がり僕の股間《こかん》を覗《のぞ》き込む。その瞬間飛んでくる張り手を僕は避けることなどできないわけで。

一瞬のうちに熱を持った左頬に手を当てる。ジワジワとまるで火傷《やけど》したときのように痛む。僕は放心状態だった。彼女はわがままながらも人に手をあげるような人ではないし、まさか僕が人に打たれるようなことをしてしまったとも思わなかった。けれど崇高《すうこう》な彼女は僕が勃起しないことでませた少女特有のちっぽけなプライドが傷ついたのだろう。彼女の目は潤み、顔は怒りで真っ赤になっていた。その顔を見て初めて僕は自分の失敗に気づいたのだった。

周りより性の開花が遅かった。中学生にもなると同級生の話題は性の話ばかりだった。夢精しただの、兄のエロ本を見つけて盗み読んだだの。周りの人たちがそんな話で盛り上がる中僕だけはそういう品のない話についていくことができなかった。なぜこんなにも盛り上がるのか、不思議でたまらなかった。女性の体を見て興奮することもなかった。周りの男子生徒が性の目覚めと女との距離に悩む中、僕は恋愛に対して興味も湧かなかった。けれど僕自身はよくもてた。先輩から交際を迫られたときもよく考えず承諾した。僕自身彼女のことをよく知らなかったし、もちろん好きでもなかった。その誠意のない承諾が彼女を傷つけてしまったのだろう。彼女に頬を打たれ別れを告げられた。足早に去る後ろ姿を漠然と見つめて頬に涙が伝った。痛みに対しての涙か、それとも罪悪感に対しての涙か、その時の僕はわからなかった。別れてから何ヶ月も彼女のことで悩んだ。多分きっと僕は彼女のことが好きだったんだと思う。

できるだけ同じ失敗を繰り返したくない。人と交際するときは慎重にその人について調べたし、性行為も慎重にしてきた。しかしいざとなると性行為をすることにためらいを感じてしまう。


「大丈夫ですか。太田さん。汗が」

千歳ゆきはそう言って僕を覗き込み、白いハンカチを差し出す。

「ああ、大丈夫。気にしないで。少し考え事をしてたみたいだ。ごめんね」

僕はそう言って彼女のハンカチは受け取らず、自分のジャケットのポケットから自分のハンカチを取り出して汗を拭いた。悪いが、僕は人のものをさわることが苦手だ。

千歳ゆきは自分が差し出したハンカチを胸の前でぎゅっと握り締めていた。

「太田さんってやっぱり潔癖症《けっぺきしょう》なんですね。父が言ってました」

千歳ゆきが小さな声でつぶやく。

「社長が？」

「はい。太田さんは握手をしたあと必ずハンカチで手を拭くって」

ああ、そうか。あの豚はわかっていたのか。なんだか分が悪く思いコーヒーを口に運ぶ。ああ、さっきより苦くなっている。

「いつからなんですか。潔癖症」

彼女は世間話をしているつもりらしいが、僕は人に干渉されるのはあまり好きではない。

「関係ないでしょう。そんな話」

「関係ありますよ」

千歳ゆきは声をあげて僕の言葉を否定する。

「だって、私たち結婚するんでしょう」

そこに自信過剰な女の目があった。まるで僕との結婚がすでに決まっているかのように、迷いがなく傲慢《ごうまん》な目だ。ああ、面倒くさい。こういう女は嫌いだ。マイナス60点。僕が呆れたように苦笑いすると、我に返ったのか顔がゆでダコのように真っ赤になる。そして彼女は肩身をぎゅっと狭くし、すみませんすみませんと繰り返した。僕はその様子を見ながら苦いコーヒーを再び飲むと自然と舌打ちが出てしまう。その音に目の前にいる彼女はすぐに反応し、頭を深々と下げて小さな声ですみませんと言った。なんか僕が悪役みたいだ。ああ、面倒くさい面倒くさい。

僕がこうなってしまったのは完全に母親のせいだ。

僕の母親である斎藤幸恵はおかしな人だった。夏の暑い日でも全身の肌を覆い隠す服を着て、家の中でもマスクをしていた。見えるのは唯一目元だけで、その目は色素が薄く鋭く僕にとっては少し怖いものだった。母は極度の潔癖症で家事もしなければ、仕事もしていなかった。自分の部屋から出ることすらできないほどで、僕の家では家事も仕事も父親の役目だった。

父さんは真面目で優しい人で僕の理想といっても過言ではない。僕が小さい頃から仕事や家事、育児など何から何まで一人でこなしていた。面倒見もよく何よりも子供を優先し、保育園のイベントや学校行事にも毎回参加してくれた。僕はそんな父さんが小さい頃はスーパーマンのように見えて大好きだった。対して母親のことはあまり好きじゃなかった。

母はほとんど自分の部屋から出て来ない。僕と会うのも一週間に一回あればいいほう。小さい頃は僕のほうから母親の部屋へ行ったが部屋に入ることは許されない。母親が開けてくれる数センチのドアの隙間が僕に許された領域だった。もし母に会ったとしても僕はさわることができない。母は人にさわれない病気なんだ。そう思っていた。やがて母親に愛されていないことを自覚し会いに行くこともなくなった。

母のようになってはいけない。僕は潔癖症になんてならない、と思っていた。

けれど、現実は残酷だった。年を重ねるたびにさわれない物が増えていった。人が手作りした物、人がさわった物、そして人そのもの。

目の前の千歳ゆきはショートケーキを食べている。小さな銀のフォークでスポンジをすくい上げ口に運ぶという作業をゆっくりと続けている。僕としてはさっさと食べて彼女と別れたいのだが、そうもいかない。僕は彼女の先ほどの発言からどうも興ざめしてしまって仕方がない。千歳ゆきもそうなのだろう。会った直後と比べてだいぶテンションが下がっており、気まずそうな顔をしながらケーキを食べている。社長から話をもらったときはとりあえず結婚しておく気はあったものの、いざ会って話してみると結婚はむしろ遠のいてしまった。相手が悪いというより、多分僕が結婚に向いていない。社長には申し訳ないが断ってしまおう。そう決めて二杯目になるコーヒーを飲む。注がれてから時間が経っているためあまり美味しくない。

千歳ゆきが食べ終わるまであまりに暇なので店内を見渡してみる。店の中にいた客もすっかりいなくなり、従業員も入れ替わっていた。広い窓からは明るい日差しがさしていて、店に寂しさを落としている。確かにいい店だが、きっともう来ることはないだろう。目の前の彼女はあいかわらず肩をすぼめてケーキを食べる。皿の端にちょこんと転がったイチゴはいつ食べるのだろうか。

ふと彼女の肩越しに少女と目があった。そういえばこんな子いたな、と思ってしまった。小一時間ばかり経っているのに一人で何をしていたのだろう。彼女は僕を見て微笑み、軽く会釈をする。僕は何も反応せず、頬杖をつきながら彼女を見ていた。髪は艶やかで、少し暑いのか赤くなった頬に妙な色気を感じた。

しばらくするとウエイターが彼女のテーブルに近づいていく。その手には真っ白い皿がのっていた。彼女はウエイターと顔を見合わせる。ウエイターはルールで決まっているかのように営業スマイルを見せており、気味が悪い。彼女はそんなことを気にしているそぶりもなく全くの無表情でいっそのこと清々《すがすが》しく感じる。いつもにこやかな女よりこのくらい可愛げのない女のほうがかえっていいのかもしれない。ウエイターはテーブルの上に皿を置くとまたも営業スマイルをし、深々とお辞儀して帰って行った。テーブルの上の白い皿。その上に乗っているのはシンプルなエクレアだった。

少女は目を伏せ、長いまつげは涙袋に影を作っている。細い指先で大きなエクレアを口元へ運ぶ。少女はゆっくりと大口を開けてがぶり。唇がエクレアを咥《くわ》えた。僕はその瞬間唾をごくりと飲み込む。それと同時に少女の眼光が僕を捉える。彼女の目が稲妻のごとく光る。僕はハッとしたが、目を離すことができなかった。僕は完全に彼女に目を奪われ、そして捕らえられたのだ。少女は僕を見つめたままエクレアに牙を立てる。溢れ出る卵色のカスタードクリームが口元を汚した。チロリチロリと小さなピンク色の舌が唇の間から現れ舐《な》めとっていく。それが終わると彼女はまたも一口。反動でボタリと落ちるクリームを掌《てのひら》で受け止める。少女はクリームで汚れた掌を見つめた。クリームの塊《かたまり》がオレンジ色の夕日でテラテラ光っている。掌の熱でゆっくりと溶けていく。薄い皮膚を卵色の液体が伝っていく。すると少女は自分の汚れた掌を舐めだした。長い舌で舐めとっていく。時折、目線を上げ僕の目を見る彼女はまさに獣であった。

僕はいきなり立ち上がって言う。

「すまない、ちょっと手洗いに」

千歳ゆきは僕の様子を怪しがっただろうか。困惑したような彼女の返事が聞こえた。僕は夢中でトイレの個室に駆け込んだ。個室の鍵をかけドアにもたれる。全身にじっとり汗をかき、ペニスは今までないほどいきり勃《た》っていた。

幼い頃に一度だけ母親が人をさわっていたところを見たことがある。5歳か6歳の頃だ。

木枯らしが吹く秋の夜。窓はガタガタ揺れうるさく、寒さもあって目が覚めた。昼間に父さんが今夜は寒くなるから毛布を出そうか、という提案を断ってしまったことを後悔した。目も覚めてしまったし、寒さで眠れそうもなかった。今からでも毛布を出してもらったほうが良さそうだ。寝ている父さんを起こすのは悪いけれど、タンス上段にある毛布を取ることはできない。僕は暗い廊下に出た。

廊下の小窓からのぞくか細い月明かりを頼りに歩くと、父さんの部屋は僕の部屋の隣だからすぐに着く。一応、ノックしてドアを開けた。中央に置いてある大きいベッドに近づくと、そこにいるはずの父さんがいないことに気づいた。もしかしたらまだ起きているのかもしれない。そう思い1階のキッチンやリビング、2階の使っていない書斎に至るまで探したが見つからない。あまりに姿が見えないので怖くなってきてしまう。

その時、木枯らしに混じって軋《きし》むような音がした。僕は足を止め、よく耳を澄ました。木枯らしに混じって人の息が聞こえる。軋む音も人の息も僕の部屋からじゃない。廊下からでもない。父さんの部屋からでもない。僕の部屋から一番離れた廊下の先にある部屋、つまりは母親の部屋から聞こえるのだった。

行ってはいけないような気がした。しかし、それと同時にタブーを犯すような興奮も感じていた。僕は好奇心を抑えられなかったのだ。足は自然に動いた。まるで吸い寄せられるようにずんずん進んで行く。木枯らしに混じった音は次第に輪郭《りんかく》を持って聞こえてくる。僕の心拍数も上がっていった。ドアの前に立ち、耳を傾ける。先ほどから聞こえていた何かが軋む音、人の息がはっきりと聞こえてくる。いつも静寂に包まれている母親の部屋がいつになく騒がしかった。やましい気持ちがなかったわけじゃない。けれど僕は母の部屋を覗いてしまった。

ベッドの上には裸の男女がいた。男はあぐらをかき、女は男の下半身に顔を埋《うず》めるように伏せている。ペニスを咥えているのだ。女の艶のある髪は垂れて白いシーツに一筋の川を描くように流れている。男は女の黒い髪を撫でている。その目には優しさはなく、まるで獣を飼いならすかのように傲慢で支配的であった。こんな人知らない。こんな人たち知らない。衝撃的な光景に思わず腰が抜けてしまい、僕はズルズルと座り込んでしまう。それでも裸の男女は行為に夢中なのか、僕に気づかない。サイドテーブルのオレンジ色のランプが男女の顔を照らしだす。父だ。母だ。

僕は母は人にさわれないものだと思っていたから仰天した。そして嘆き悲しんだ。

それから一年もせずに妹の麻美が生まれた。麻美は天真爛漫《てんしんらんまん》ないい子だったが、僕は上手に麻美と仲良くできなかった。

数年して父と母のやっていたことが性交渉であることを知った。

極度の潔癖で人にさわれない母にとってありえない行為。さらに口内に男性器を入れるなどもってのほか。服従し誰かとまぐわうことは母にとってこれ以上ない勇気がいることなのだ。だからこそ肌を触れ合うことは母の最上の愛の証明でもあった。母は父さんが作った料理しか食べないし、母の部屋に入れるのも、母にさわれるのも父さんだけ。木枯らしの夜に行っていた行為は愛ゆえで、麻美は二人の愛から生まれてきたと言ってもいいだろう。それは二人の子供である僕にも言えること。

しかし母は自らが産み落としたものには目もくれなかった。僕たちは母にさわれない。さわることを許されない。たとえ僕と麻美が愛ある行為から生まれても結局のところ僕も麻美も父さんじゃない。僕の体が半分は父さんから受け継いだものでも違う人であることには変わりはない。母は父さんだけに異常に執着していて、僕や麻美は見えていない。

僕は枯渇《こかつ》した。父さんからたくさんの愛情を受けるものの母からの愛に飢えていた。この飢えはなくなることはないのだろう。母は死んだ。もう母には会えない。さわれない。

ちらちらと雪が降る日。僕が10歳で麻美が5歳のとき、親が離婚した。きっかけは父さんが過労で倒れたことだった。仕事や家事、育児などの多忙に加え母のことがストレスになっていたのだろう。もう限界だった。

離婚することになって父さんは少しばかり気が楽になったようだった。父方の実家へ帰り、父さんはそこで数週間休養をとる。そのあとは仕事へ復帰するのだ。僕と麻美の面倒はばあちゃんが見てくれる。家事は僕と麻美も手伝う。こうすれば父さんの負担も減らせるし、もう倒れることもない。そしてもうこの家に帰ってくることもない。

「誠、そろそろ行くぞ」

父さんはそう言って僕の手を引いた。父さんのもう片方の手はしっかり麻美と繋《つな》がれている。僕と麻美は二人とも父さんを選んだ。幼いながらに母親の元では生きていけないことを悟っていた。

僕は覚えていない。父さんに手を引かれて家を出て行ったあの日、僕らを窓越しに見つめていた母の顔を。僕はもう覚えていない。

長くトイレに篭《こも》っていたせいか、僕が席に戻る頃には千歳ゆきの姿はどこにもなかった。代わりにテーブルの上には千円札と文字が書かれた紙のテーブルナプキンが置いてある。僕は自分の席に座りその紙ナプキンの置き手紙を手に取り、読んだ。

今日はありがとうございました。残念ですが、今回の件はなかったことにしましょう。お互いに縁がなかったのです。さようなら。

黒ボールペンの無機質なインクは濃く、はっきりとそう書かれていた。彼女が先ほどまで座っていた椅子は出口の方へ向かって斜めになっていた。窓から差し込む夕日の色がスポットライトのようにその席を照らす。もうそこには誰も座っていない。

「これ、あなたのですよね？」

ぼんやりしながら椅子に座り窓の外を見ていると声をかけられた。声の主はあの汚らしい少女だ。彼女が僕に差し出しているのは一冊の手帳で、それはまさしく僕の手帳だった。数日前に紛失した手帳はなくす前と変わらず綺麗な状態のままだ。けれどそれはもういらないものでもあった。探しても見つからなかったので昨日新しい手帳を買ったばかりだった。僕は彼女に適当に返事をして、手帳を受け取らなかった。

少女は僕の様子を見ると手帳をテーブルにそっと置いた。早く立ち去ってほしかった。けれどその気持ちは届かず、あろうことか彼女は僕の向かいの席にさも当たり前だというように座ってしまう。誰とも話したくない気分だった。誰とも触れ合いたくない気分だった。特にこの少女に対しては得も言われぬ罪悪感を抱いていた。頭の中でだけといえ、こんな年端もいかない少女に僕はなんてことを想像してしまったのだろう。僕は変態だったのだろうか。どうも自分が分からなくなってしまう。

目の前の彼女は落ち着きがなく、しきりに視線を送っている。その様子はまるで生娘《きむすめ》のようだ。少女の頬が赤く色づいているのは夕日のせいだろうか。少女は下を向き一度深呼吸をすると意を決したように僕に話しかけた。

「あの人と結婚するんですか？」

今にも消え入りそうだった。店の中が静かでなければきっと聞き取れなかっただろう。彼女は上目遣いで僕の答えを待っている。力が入っているのか下唇をぎゅっと噛み締めていた。僕に話しかけることはそんなに勇気がいることだろうか。僕は大きなため息を吐く。少女に話しかけられる前にさっさと帰ればよかった。少女は僕のため息にびくりと肩を揺らしていた。

「見ればわかるだろ。見合いはなかったことになったんだ」

僕がぶっきらぼうに言うと少女はホッとしたように胸をなでおろす。なにがそんなに嬉しいのだろうか。僕は頬杖をついて外を見た。太陽がビルの向こうに落ちていく。オレンジ色の光は次第に消え、水に紫の絵の具を垂らしたような薄い影に包まれる。これから夜が始まる。少女の呼吸が聞こえる。

「あの、好きです。あなたのこと」

はっきりとした声だった。凛《りん》としたまっすぐな声に驚き、僕は少女を見た。黒い瞳は僕をまっすぐ見据えている。その瞳には一つの曇りもない。僕は思わず見とれてしまう。いや、その瞳に捕らえられてしまったのだ。視線を外すことができない。次第に彼女の目に薄い涙の膜が張っていく。

あ、落ちる。彼女の頬にとっさに手を添え、流れ落ちる涙を拭《ぬぐ》う。夕日が沈んだというのに彼女の頬はまだ赤いままだった。むしろ僕が彼女に触れたせいか、より赤くなっている。彼女は目を大きく開き一瞬、驚いた様子を見せたが、おずおずと瞼《まぶた》を伏せ僕の手に身を寄せた。


僕は少女を連れてカフェを出た。少し歩いたところにあるラブホテルに入る。少女は肩を震わせたが僕が頭を撫でると安心したように微笑む。

部屋に入るやいなや僕は乱暴に彼女をバスルームに押し込んだ。服が濡れるのも構わなかった。シャワーヘッドを少女に向け、蛇口をひねる。勢いよく出る冷たい水に少女はびくりと肩を揺らし、顔をしかめる。頭上に降りかかった水は黒髪を伝い、白いシャツを透かし、少女の生白い足をなぞっていく。張り付いたシャツはもう彼女の肌を隠してはいない。透けて見える黒いブラジャーだけが彼女を覆い隠していた。

赤い唇が弧を描く。真っ黒な瞳は潤んでいる。彼女は煽《あお》るように僕を見上げた。男を誘うその表情は少女にとても似合っていた。

彼女の頭に指を這わせるとまるで髪の毛が絡みついてくるようだった。備え付けのシャンプーを手に取り、少女の髪を洗ってやる。絡まり合った毛糸玉を一本一本解《ほど》くように丁寧に。彼女は僕に身を委《ゆだ》ね、目を閉じて濡れたスカートを弱く握るだけだった。彼女の黒髪が次第に柔らかさを帯びていく。指の間をするりと通り抜けていく。

シャワーの水は温かくなっていた。泡を流し、髪に指を通すともう絡まることはなかった。水を含んだ髪はよく光る。艶を取り戻した細い髪に僕は自然に唇を落とす。唇の薄い皮膚の向こう側に一本一本彼女を感じる。顔を上げると彼女はキョトンとした年相応の表情をしていて、頬は赤くなっていた。その表情にその頬に愛おしさを感じ、僕は黒髪に顔を埋めるように彼女を抱いた。背中に感じる彼女の小さな掌が僕を慰めてくれる。彼女は今どんな顔をしているだろう。

少女がひざまずいて僕のペニスを咥える。少し苦しそうに眉間を寄せている表情に思わず苦笑いしてしまう。彼女の顎《あご》に手をかけ上を向かせる。僕と視線が交わると彼女は年相応のあどけない顔で笑っていた。

目の前にある大きな鏡を見ると見慣れた僕の顔が映る。整った顔は紅潮していた。鏡の中の自分と目が合う。色素が薄い目は母親と同じ。僕はいつも自分の中に母を見てしまう。けれどいつもより優しく緩んだその瞳は母とは違う。いつもと違う自分自身に戸惑いながら僕は簡単に新しい自分を受け入れた。次第に息が上がっていく。それに合わせるようにして少女は僕のペニスを弄《もてあそ》んだ。快感が頂点まで上り詰めると同時に吐き出された精子を彼女は何のためらいもなく口で受け止めた。快感で脳みそがしびれる。意識がふわふわと浮遊する。彼女の口端《くちは》から漏れ出る精液を見て僕は彼女が食べていたエクレアを思い出す。それがなんだかおかしくて笑うと彼女も返すように微笑んだ。

僕は少女を立ち上がらせ抱き合うような体勢でペニスをゆっくりと挿入していく。鼻と鼻がぶつかるくらい寄せられた顔を見つめ合う。少女は痛そうに顔を歪《ゆが》めた。瞼が小刻みに震え、背中に回された腕に力が入っている。その様子はいかにも辛そうだが、絡められた足に愛しさを感じてしまう。僕は優しく彼女の瞼にキスするとゆっくり律動を始めた。

彼女の息が上がっていく。漏れ出る喘ぎ声は耳元で聞こえる。その声に触発されるように僕の息も上がっていく。律動はより激しく。背中に爪をたてられてもちっとも痛くなかった。僕たちはすっかり快感に溺《おぼ》れていた。彼女は微笑んでいた。その笑みは駅で人を待っている時のものではない。あどけない少女のものでもない。慈《いつく》しみを含んだその笑みに僕はたまらず少女の肩に顔を伏せた。少女の腕が首に回される。その手が僕の濡れた髪を優しく撫でた。少女の黒髪に僕は鼻先を埋め、強く彼女を抱きしめる。流しっぱなしのシャワーの水が僕の瞼を伝い頬を伝い彼女を濡らした。

小学生だった私

遠野花香

「これはどこにあったの？」

たかしが私の赤いマニキュアの瓶を摘《つま》んで目の前に差し出す。あっち、と指さしたのだが、曖昧《あいまい》すぎてわからなかったようだ。ことり、と適当に床に置く。

たかしとは大学一年生の時から付き合っている。今年で、後片付けを手伝ってもらうのは二回目になる。私は休憩、と言ってベッドに横たわり、私の服を拾い上げるたかしの背中を見た。赤に近い茶の髪は、少しウェーブがかかってふわふわ揺れている。白いパーカーが眩《まぶ》しい。

「どうやったらこんなに散らかせるんだよ」

とぶつぶつ呆れながら文句を言っている。

秋にはよく部屋が散らかる。これは私の癖だ。暑さが緩《ゆる》むと、部屋の模様替えがしたくなる。衣替えも同時に。計画性がないのに行動派の私は、今年もベッドを中央まで運んだところでまた失敗したことに気づく。ほかの家具も中途半端に移動しているだけで、部屋が少し狭くなってしまっている。しかも、床にはタンスから引っ張り出してきた生地の薄い夏服、白いTシャツ、水色のワンピースだとか。それと交換しようとしたコーデュロイのベージュのスカートやワイン色のカーディガンといった秋物がごちゃごちゃに投げ捨てられている。並べ替えようとした本がてんでばらばらの大きさのタワーを形成している。ベッドの上はいつも通り、薄い桜色のシーツとその上に無造作にかけられた同じ色のタオルケットがある。無駄に動いてしまったため、生き残っていた残暑の猛攻に遭う。冷蔵庫から出した飲みかけの三ツ矢サイダーは少し気の抜けた味がしてさらにテンションが下がる。ベッドにうつ伏せに倒れる。三ツ矢サイダーが手を離れる。着ていたしわしわの黒のキャミソールが捲《めく》れて背中が出ているような気がするが、そんなことは気にしない。蝉《せみ》の声は少なくなってきた。使い込んだマットレスはあんまり柔らかくない。ベッドの上にあった、スマホを手探りで探す。先に手が見つけたのは先ほどどこかに行った三ツ矢サイダーだった。ちゃぷん、と中身がゆれ、残り少ない泡が水面に上がって弱々しく弾《はじ》けていく。

そういえば、去年はこの散らかった部屋でセックスしたな。あの時のベッドは左に寄っていた。片付かないまま、私たちはベッドに横たわりそのまま身体を絡ませた。別に、部屋が散らかっているという以外にはいつもと変わらないセックスだった。今回もするのかな？　とぼんやり考える。

「ねえ、これ何？」

たかしが持ち上げたのは、大きめの古いクッキーの缶だった。角が丸い四角の缶は明るい青ベースのチェックを背景に、様々なクッキーの写真がプリントされている。英語の太い金のフォントが特徴的だ。私ははっとして身体を起こして、たかしからそれを取り返そうとした。しかし、いともたやすくかわされ、私の腕は空《くう》を切る。

「なんだよ。いいじゃん」

私の手がさらに届かないように立ち上がったたかしは、少し錆《さ》びて開きにくくなったその缶を力任せにこじ開けた。蓋《ふた》が少ししなって大きな音がする。ただでさえ埃《ほこり》っぽかった部屋にまた埃が舞う。その勢いで缶はたかしの手を離れ、大きな金属音を立てて床にぶつかる。中身が飛び出てばさばさと私の頭やベッドや床にぶちまけられる。私はあぁもう！　とたかしの腰を叩いた。鈍《にぶ》く音がする。たかしは謝りもせず、散らばった中から一枚を拾い上げまじまじと見つめた。見ないで！　私は立ち上がり、それを取り返そうとするがまたかわされてしまった。

「これ、何年生の時？」

たかしはニヤニヤと笑い、ほかの写真も手に取る。私はその質問には答えずに抵抗を続ける。

私が小学生低学年くらいの頃の写真だった。以前、母が勝手に送り付けてきたものだ。散らばった写真に写る私の頬はどれもよく熟《う》れたトマトのように真っ赤でふくらんでいる。

「これほんとうにお前？」

たかしが持った写真の私は、そのトマトの頬をさらに赤くして満面の笑みを浮かべていた。ノースリーブの白ワンピースからはぷっくりとはちきれんばかりの茹《ゆ》でたてウインナーみたいな二の腕と脚が覗《のぞ》いている。やめて、やめてと私はたかしをなんどもはたくが、たかしは見るのをやめない。彼はおもしろいおもちゃを見つけた子供のような笑顔を浮かべる。純粋で意地の悪い笑顔だ。八重歯をちらりと見せ、ヒヒッと笑う姿はいじめっ子そのものだ。情けない気持ちになる。小学校低学年くらいまで私はぽっちゃり、というか肥満児に近い体形だった。こんなの誰にも見られたくなかった。見られたくなかったのに。身体は羞恥《しゅうち》で震える。たかしは私が抵抗しなくなると、ベッドに腰かけた。沈むベッドで、私は私に囲まれながらまなじりを熱くしてうずくまっている。やめて、やめてと言う言葉はかすれ、音がない。たかしはこの状態を心底楽しんでいるようで、何かを言って笑っているようだがそんなの私はもう知らない。

「ん？　これって……」

またたかしが何かをみつけたようだった。かさかさと紙同士がこすれるような音。たかしが笑う。笑い声が遠く感じる。今度は何よ。またおもしろいトマトでもみつけたの？　心の中で自虐《じぎゃく》した。

『がんばったうんどうかい、いちねんにくみ……』

たかしが何を言い出したのか、最初私にはわからなかった。え、なに、なに？たかしは続ける。私はその文章に覚えがあった。そしてまた一度は引いた羞恥が、今度は倍以上になって帰ってきた。私は反射的にたかしに飛びついて、恥ずかしさに悲鳴を上げた。目に入った薄い原稿用紙は黄色くなってしわが入っている。こんなものまで入っていたのか、ということに触れている場合ではない。たかしは読むのをやめ、泣きはじめた私の方を見る。

「ごめん。お前の反応がおもしろくてさ」

原稿用紙をぱっと手放して私を抱きしめるとそのままベッドに沈む。私はまだ熱く濡れた目と頬を手で覆って隠した。ベッドが軋《きし》むと、写真たちもそれに合わせて沈む。たかしが右手で私の首筋を撫《な》でながら、私の下敷きになる写真たちを一枚一枚どかしては、それをまた私の周りにそっと重ねていく。背中の下でたかしの手が動くのがくすぐったくて身をよじらせる。押し付けられた下腹部にたかしの熱を感じる。私はこの意味を、知っているはずなのに、身体が固まる。

「どうしたの？」

いつもより低い声が私の耳元でささやかれる。

「キス、してくれないの？」

いつもなら、私はたかしに口づけで答える。でも今はただ頬の紅潮を感じるだけで身体は動いてくれない。なんだか、たかしの身体が大きく重く感じる。たかしの方から唇を近づけてくる。あっ、と声が出る。

たかしは構わず私の唇に重ねた。ふう、ふうとお互いの行き場を失った吐息が漏れ、舌を絡ませるとみずみずしい音が部屋に響く。でも、舌が動かない。いつもの、たかしとする、何千回目か忘れてしまったキスなのに、私はたかしのよく動くそれに絡めとられる。苦しさを感じて、ん、ん、と声が漏れる。身体もよりいっそう強くよじれる。さっきよりも熱を帯びたたかしの下腹部の熱が、私に伝わってくらくらする。名前を呼ばれる。名前と、たかしの唾液《だえき》と私の唾液と、吐息と身体の中全部の感情がぐちゃぐちゃに混ざるみたいだった。

ぷちゅっと果実が弾けるように音を響かせ、唇が離される。涎《よだれ》の糸がぷつりと切れていく。たかしの目がまっすぐ見れなくて、目を背《そむ》けると、写真の中の肥えた私と目が合った。


ぴちりとした白い体操服と紺色の短パン。「5」という数字が入った自分よりも背の高いフラッグ。背景の青空には様々な国の国旗。旗だらけだ。そのムチムチと短い脚の膝《ひざ》は赤黒く汚れていた。パンパンの頬は真っ赤で、それのせいで小さく見える目には大きな滴《しずく》が溜まり流れ出ている。涙は頬から零れ落ちる瞬間で止まっていた。可愛くないなぁ、そう思うと同時に写真の中に流れる涙が私の頬を伝っている。たかしは私をなだめる様に私の手を握る。

「頑張ったんだから、泣かなくていいんだよ」

子供に言い聞かせるような優しい口調だった。それでも私はたかしの大きな手を取って、声を上げて泣いている。たかしは軽いキスをする。握っていた手が離れる。少しそれを手で追うが、黒いキャミソールの裾《すそ》から侵入してくるたかしの手を感じて止まる。くすぐったい、きゃぁ、高い声が出る。スルスルと自分の意志とは関係なく上がる裾とこすれながら、肌が露《あら》わになっていく。へそ、みぞおち、胸、乳首、と順を追って指が道を描く。息が小刻みになっていく。部屋着のショートパンツと太ももの間に指を入れられ、今度はゆっくりと脱がされる。パンティもするりと脱がされ、なぞられ、弄《いじ》られて、見られる。私の全てが彼に見られている。私のさほど大きくない乳房、その上の固く勃起した乳首、今はもうすっかりくびれたウエスト、性器の手入れを怠《おこた》った硬い毛、隙間のある太もも。そして、私の中の隠しておきたかったたくさんの私。たかしは性器に手をあてがう。

「濡れてるね」

冷静に言ったつもりなのかもしれないが、声が少し弾んでいる。だめ、涙声で制した。ふふ、とたかしが笑う。彼はもちろんこれが本気でないことを知っている。しかし、私の今出た〝これ〟は、いつものもっとしてほしい、という意味ではなかったのだけど。でも、やめてほしかったわけでもない。怖い。声に出していた。たかしの手、身体がいつもより大きくて、キスもぎこちなくて、いつものセックスを忘れてしまっていて、家具はいつもより近くて、私は肥えた小学校一年生の子供で、一年二組で、運動がにがてで、男子からからかわれていて、泣き虫だった。たかしは、また私の名前を呼んで身体をゆっくりと撫でる。性器を触る手が、膣の入り口を浅くかき混ぜる。気持ちいい。でもその気持ちよさは得体がしれなくて、恐怖を感じた。いつもと違う反応を見て、たかしは指の動きを速める。たかしもズボンを下ろし、男性器を露わにする。

「ねえ、さわって」

私は言われるがまま、恐怖で泣きながらたかしのそれに手を伸ばす。指先で触れると、熱くて引っ込める。怖い、怖い。たかしはこう、と言って私の手を上から包み込み、直接握らせる。どくんどくんと波打つ鼓動を感じる。それから、促されるままに上下にこする。強く、よわく。たかしはちいさく呻《うめ》いている。苦しいの？　と聞くと苦しそうな顔をしているのに首を横に振っている。おかしくて、笑ってしまう。すると、突然たかしは私の乳首にしゃぶりつく。驚いて声が出る。涎が私の胸の曲線をなぞって垂れていく。くすぐったいような、痛いような感じがした。でもたかしが赤ちゃんみたいだと思って、髪を撫でてみる。おままごとのお母さん役はよく私に回ってくるから、得意だ。たかしのうめき声は次第に大きくなっていく。

「……あっ」

たかしは小さく言うと、白く濁《にご》った精子を私の腹にぶちまける。わあ、声が漏れる。握っていた男性器は、先ほどまでの窮屈《きゅうくつ》さはなくなり、私の手の中に身をあずけるようにくったりとした。精子はあったかくてどろどろしている。ぴちゃり、と指を付けて離すと指に絡まり、とろとろとまた私の腹へ流れ落ちていく。たかしは、ベッドの近くにあった棚の引き出しに手を伸ばし、カラフルな英語がかかれた小さな正方形のビニールを取り出し、コンドームを取り出す。てらてらと照り返す鮮やかなピンク色。もう一度私に向き直る。いつの間にかまた大きくなった男性器は、私の下にあてがわれる。私のそこは、たかしの熱を直《じか》に感じ取り、さらに水気を増している。彼は、自らのそれをこすりつける。また、あのじいんと熱い恐怖にさいなまれるがじっと我慢する。

「……力抜いて」

余裕がなさそうにたかしは早口で言う。しかし私はどうすればよいかわからずに、身体はこわばっていくばかりだ。目も、顔も、拳《こぶし》も、ぎゅっと力がこもってしまう。力を抜こうと暗示をかけるとさらにこうなってしまう。たかしが、聞き覚えのある音を出す。かさかさ、かさかさ。

『……わたしは、うんどうがにがてです。』

あ、それ、読まないで！　なんで読むの！　目を開けて、手を伸ばそうとする。しかし、下腹部のさっきよりも強く深く熱を感じて、それが意志とは関係なしに止められてしまう。激しい水音。私の下腹部はたかしの男性器を一気に詰められ熱さを増していった。高い声が混ざる。たかしは顔を紅潮させ、一度大きく息を吐いて、一文を読み上げる。

『なので、うんどうかいの本ばんはおとうさんとおかあさんにきてほしくありませんでした。』

やめて、という言葉はほとんど喘ぐ音と化している。たかしも小さく喘ぎながら読み上げる。勃起した男性器を私の膣壁が離すまいと強く締まる。恥ずかしい、という気持ちが強くなっていくほどに、比例して私の中はたかしを締め付けていく。たかしも息を切らしながら、大きく深呼吸したり、いたずらっぽくにやりとしたりした。ベッドが壊れそうなほどに軋んで啼《な》いたが、私たちは気にも留めず、行為を続ける。距離が近くなった家具たちも、かたかたと音を立てる。写真も少しずつベッドからこぼれて床に落ちていく。角が床にぶつかると、カツンと高い音がする。

『……がおわり、次はわたしのでるマラソンです。きんちょうしました。』

たかしは腰の動きを緩めていく。私の中も徐々に落ちついていく。ふう、ため息が出る。私も疲れたから休憩したいと思っていたところだ。たかしも疲れたのかな。息が切れている。

『よーい、どん。ピストルがなりました。』

たかしは、すぐにまた腰を激しく動かし始める。あ、始まった。今スタートした。突かれるたびに子宮から流れる甘いしびれは脳天に突き抜け、つま先をしならせる。たかしと私の皮膚がぶつかり合い、結んでいた唇が自然に開く。上あごに引っ付いていた舌は奥から溢れてくる鳥のように高い声によって引きはがされた。自分の声じゃないみたいで怖い。

『わたしは、さいしょはさいかいでした。でも、まけたくない、とおもいました。いきがとてもくるしかったです。』

息はとぎれとぎれで、目の前がふわふわと真っ白に光り始める。しわしわの原稿用紙に目を落とすたかしの顔もぼやけてくる。足はピンと自然に伸びていくが、指はぎゅっと閉じられる。子宮の弱い電流だけを、はっきりと全身で確認することができた。たかしの声しか聞こえない。私の、一番恥ずかしい記憶を切り取った一枚の古い平仮名だらけの紙がその行為の中心だった。見られたくない。読まれたくない。聞かれたくない。聞きたくない。ぐるぐると回る思考の中、確かにあの頃の私がいた。いや、今ここにいるのはその原稿用紙の中の私だった。

『……それでもわたしは、はしりました。なんどももうやめようとおもいました。』

太った私は確かに私で、あの秋の運動会で走りながら、この狭い散らかった部屋でセックスしている。息を切らして、頬を赤らめ、汗を流す。

『わたしは、あしにちからをこめて、うでをふりました。すると、まえをはしっていた人がだんだんちかくなってきました。』

もう何度となく絶頂は迎えている。でも、たかしのまだ硬い男性器を私は離さない。もう、頬を伝う体液の正体が汗なのか涎なのか、はたまた涙なのかわからない。ほとんど息のようになる私の喘ぎ声。

『……そして、わたしは、ひとりおいぬくことができました。そのときは、すごくうれしかったです。』

私はこんなにも一生懸命にセックスに励《はげ》んだことがあっただろうか。私は今、全力で性行為をしている。性欲は強い方ではないと思う。こんなにも汗をかき、涙を流し、羞恥の波と戦うことを体験したことがなかった。声はもう嗄《か》れていたが、逃げ場を失った熱は喉から出ていく。

『わたしは、そのあともがんばってはしりつづけました。でも、足がうごかなくなってきて、わたしの足につまずいてしまいました。』

幼い私はむっちりとした足を絡ませて、全身を太陽にやわらかに熱されたグラウンドにたたきつけられた。鋭い砂利《じゃり》に肉がつぶれて擦《す》り減る音がする。痛い。痛いよお。私の性器も、たかしのそれとこすれるたびにひりひりとした痛みを伴ってくる。

『……わたしは、ひざがいたくて、もう立ちたくなかったけど、わたしはここであきらめたくないとおもい、たちました』

涙は止まらない。私は走り続け、ゴールする。どろどろの膝ととろけた性器を抱え込んで、眩《くら》んでいく。たかしが絶頂を迎える。コンドーム越しに、彼の精液を感じる。手にあった原稿用紙は、さらにくしゃくしゃに、ボロボロになってひらひらと落ちていく。床に散らばったたくさんの写真の上へ舞い降りた。私はゴールして、フラッグをもらい、泣きじゃくる。体液が全て混ざって洪水みたいに流れていくような感覚がする。

「これは？　どこにあったの？」

あっち、と指をさす。またたかしはわからなかったみたいで、適当な棚に押し込む。いつ買ったかわからない少女漫画。なぜか二巻しかない。私はさっきのセックスのせいで、動けない。ベッドに横たわっている。たかしが家具を戻してから、部屋は元通りの広さになった。もう大丈夫、と声をかける。まだ夏服と冬服がごちゃごちゃのままだったけど、たかしをシャワーへ行くように促す。たかしは私の頭を一撫でしてパーカーを脱ぎながらシャワー室に消えていく。たかしがいつのまにか、クッキーの缶の中に写真と原稿用紙を仕舞ってくれていた。さっきまで私の中にいた肥えた、運動会で転び、泣きじゃくった私は、この中に帰って行ってしまった。私は、その缶を再び開けようとして、なかなか開かなくてやめた。たかし、どんだけ強く閉めたんだよ。頬についていた涙は乾き、わずかに痒《かゆ》い。転がっていた三ツ矢サイダーを拾い上げて、飲み干す。泡は溶けきって、もう一度弾けることはない。

ピアノが鳴く

唯乃夢可

少女がピアノの前に立っている。

墨をたっぷりと含んだ筆で描いたような黒髪が、あどけなさの残る頬の輪郭《りんかく》にかかり、華奢《きゃしゃ》な肩を包み込んで空気に溶け込むように細くなっていく。真っ白なセーラー服の胸元は内側から押し上げられてぴったりと張り詰め、寄せ集まった皺《しわ》がその下にあるふくらみを誇張していた。女らしい肉感を帯びつつも程よくくびれたウエストからは、規則正しいプリーツが刻まれたスカートが伸びて、柔らかな膝《ひざ》の上半分までを重たく包み込んでいる。

うっすらと埃《ほこり》をかぶった棚が壁に沿ってぐるりと並ぶ灰色の部屋で、彼女の存在だけが縁どられたようにくっきりと浮かび上がっていた。高い位置にある小さな窓から差し込む光が反対側の壁を四角く照らし、光の筋の中で細かな塵《ちり》がキラキラと光っている。壁に開いた小さな無数の穴が音の余韻を全て飲み込んで、室内の静寂を保っていた。簡素な部屋の中央に、不釣り合いなグランドピアノがどっしりと腰を据えている。

少女はゆったりとした動作で、黒く艶《つや》めくピアノの脇腹を細い指先でなぞっていく。よく磨かれた表面に、爪の内側の白く柔らかい部分が映り込んで、外側と内側からピアノを愛撫《あいぶ》する。

不意にその手が天板を大きく押し開くと、くすんだ金色の蝶番《ちょうつがい》が恥じらうようにギシリと呻《うめ》いた。ひび割れたクッションの固い椅子を引き寄せ、少女は浅く腰掛ける。上半身をぐっと前に倒し、譜面台に鼻筋の通った顔を寄せた。少し血の気の足りない人形じみた唇から吐き出された吐息が、冷たい黒を曇らせる。近くにあった柔らかそうな布で曇りを丁寧に拭《ぬぐ》うと、ようやく鍵盤に手を滑《すべ》らせた。

私はその様子を、少し離れた位置からずっと観察している。古ぼけた教室の中で妙にきれいに磨かれている床に座り込み、黄ばんだスケッチブックを膝にのせて、ガタガタに削られた鉛筆で彼女の仕草を、制服の皺を、じっとピアノを眺《なが》め続ける表情を、余すことなく描き止めていく。

黒鍵の多い暗めの和音が一つ奏《かな》でられた。彼女は鍵盤に触れていない方の手で、制服のリボンを止めるスナップを器用にパチンと外し、するりと床に落とす。

そのまま流れるように次の和音。ぷつんとセーラー服の前がはだけた。薄紫のレースが、たおやかな双丘を支えている。

更に次の和音が軽やかに響く。パチッとスカートのホックが外された。腰に巻き付いていた部分が椅子の上で広がる。

甲高《かんだか》い和音と共に、彼女が立ち上がる。はだけたセーラー服と、辛《かろ》うじて引っ掛かっていたスカートが、吸い込まれるように床に落ちた。傷跡もシミも見当たらない白い肌を、黒髪が舐《な》めるようにさらりと撫《な》でる。

いじらしいリボンが縫い止められた下着に手を伸ばしたところで、初めてこちらに目を向けた。

「今日は新曲なの」

口角をきゅっと上げて悪戯《いたずら》っぽくほほ笑むと、唇に浅く刻まれた縦筋がつっと広がって、ガラスの光沢が浮かぶ。清潔に保たれた内履きを脱ぎ捨て軽く足を開き、ゆるりと椅子に腰を落とした。

両手で包み込めそうなほど細い腰を揺らし、長い睫毛《まつげ》に縁どられた瞳を伏せ、きれいに整えられた爪が艶めく冷たい指先は、鍵盤を包み込むように滑《なめ》らかに動く。

弾きながら、少女は一点から決して目をそらさない。恍惚《こうこつ》の表情を浮かべ、薄く開いた唇から小さく震える吐息が漏れる。肩のあたりはほんのりと朱に染まり、それが溶けだして豊満な胸元にまで滲《にじ》んでいた。

ゆっくりとしたテンポの箇所が終わり、曲調が激しいものへ変わる。彼女はよく櫛《くし》の通った髪を振り乱し、片手で鍵盤をかき乱しながら邪魔だというようにブラジャーのフロントホックを乱暴に外す。すると締め付けられていた胸が柔らかに弾《はず》んで布を払い落とした。肩に食い込んでいた薄紫のサテンの紐《ひも》が緩《ゆる》み、ずるりと滑り落ちる。

曲も終盤に差し掛かり、ほとんど素肌をさらけ出した少女は上半身をのけぞらせ、はあっと大きく息をつく。その様がくっきりとピアノの肌に映り込み、私はそれに魅入られていた。

まるで少女の秘密の自慰《じい》を覗《のぞ》いてしまっているかのような感覚に陥《おちい》り、気づくと私は夢中で写生している。

最後の低く伸びた音が全て壁にしみこんでしまうと、ぴたりとピアノを弾く手が止まる。それはこの行為の終わりを意味していた。けだるい仕草で服を拾い集める彼女と目が合う。とたんに高揚と、羞恥《しゅうち》と、少しの罪悪感が斑《まだら》になって押し寄せてきた。声が喉の奥に引っ掛かってしまって、思うように言葉が出ない。

「一番よく描けたのをちょうだい」

掠《かす》れた高い声が上から降ってくる。いつものことだった。彼女はこの行為を私に見せつけ、自分が最も美しく写し取られた絵を攫《さら》って行く。

か細いリングから千切り取られたあられもないスケッチを白く濁《にご》ったファイルに丁寧にしまうと、少女は乱れた制服を整え、ポケットから滑り落ちていた小物を拾っていく。

折り畳み式の黒い櫛、薄桃に色づくリップクリーム、花柄のケースに収められたポケットティッシュ。不備なく揃えられた、身だしなみを整えるための小道具の中に鏡だけがない。「持っていると気が散るの」と彼女は言っていた。

「また明日ね、実鈴《みすず》」

「うん、また明日。都《みやこ》」

都はもつれた黒髪を櫛で整えながら、教室を出ていく。廊下に反響していた足音が聞こえなくなったころ、私はのろのろと立ち上がり、天板が開いたままのピアノの後始末をする。彼女は自分が興味を失ったものには見向きもしない。自分が全てなのだ。

この奇妙な関係が始まったのはいつからだったか。夏休みの終わりに、私は美術部の顧問《こもん》から課題を出された。美術大学に進学するにあたり、私の人物画にはリアリティが足りないのだと。せっかく女子高校に通っているのだから、周りの女子たちをモデルにして腕を磨いてこいと言われた。

その時、どうせなら彼女にモデルを頼みたい、とふと思ったのだ。隣のクラスで、高校の中でも美人と評判の少女、伊吹《いぶき》都に。

実は入学式で初めて会った時から、憧れていた。この進学校に首席で合格し、少々古い型の地味な制服を纏《まと》っていてもなお目を惹く整った容姿。生徒たちでひしめくうすら寒い体育館の中央を、凛《りん》と前を向いて堂々と歩く横顔に誰もが見とれていた。

　近づきたくても、彼女の周りは常に華やかな少女たちで溢れていた。あの輪の中に入っていく勇気はなかった。自分のような地味な存在が近づいても、見向きもされなそうで。

　それでも、たとえ素気無《すげな》く断られようと、モデルの件をきっかけに、少しでいいから言葉を交わしてみたかった。そのチャンスを得た私は、彼女が一人になるのを見計らって、絵のモデルを申し込んだ。

「いいわよ」

　まさか二つ返事で承諾を得られるとは思っていなかった。断られたときの返答シミュレーションばかりを脳内で繰り返していた私は言葉に詰まる。

「あ、あの」

「じゃあ、今日の放課後、第二音楽室で」

　にっこりとお手本のような笑みを浮かべた少女は、有無を言わさぬ可憐な声で場所と日時を指定すると、さっと身を翻《ひるがえ》して行ってしまう。真昼の閑散《かんさん》とした廊下に、彼女の髪の先から零《こぼ》れ落ちた花の甘い香りが、ふわりと置いてきぼりにされていた。

　空のてっぺんに張り付いていた小さな太陽がオレンジ色に傾いた頃、今はほとんど使われなくなった第二音楽室にのこのこと向かった私は、あの行為を何の説明もなく見せつけられた。憧れだった人のとんでもない秘密を目の当たりにして、酷《ひど》く狼狽《ろうばい》したのを覚えている。

「ねえ、どうしてこんなこと、してるの。何で、私に見せたの」

普段の態度と全く変わらない調子で脱ぎ捨てた服を拾い集めていく都に、私は弱った鈴虫みたいな情けない声で尋ねていた。

「私ね、鏡に映った自分の姿が好きなの。小さい時から。見ているとだんだん興奮してくるの」

都はスカートのチャックを引き上げながら、ピアノの天板に映った自分の姿をじっと見つめ返す。

「だから普段は鏡を持ち歩かないようにしてるわ。持っているといつまでも眺めていてしまうから。だけどそうするとフラストレーションが溜まって、どうにもたまらなくなるの。だからこうして発散するのよ」

慣れた手つきでかちりと下着のホックを留め、ほのかに汗ばんだふくらみをぐっと押し込める。視線はピアノから片時も離れない。

「ピアノって素晴らしいわ。弾いている私の姿を映して、私の手の動きに答えて、綺麗な声をあげてくれる」

腰から押し付けるようにピアノと距離を詰めた都は、天板が開いて丸見えになっている弦をひっかくように弾《はじ》いた。ボン、と鈍《にぶ》い音が漏れる。

「そしてあなたも私を写してくれる。どうせ描くなら、ちゃんと私を見て。服なんて邪魔なものいらないわ。芸術家はよく裸体を描くでしょう?」

脳みそに半透明のフィルムが張り付いたみたいだった。全く理解が追いつかない。もし私がこの噂《うわさ》を広めたら、とは考えないのだろうか。

「ああそれと、何枚か絵を描いたら、その中で一番いい出来のものを譲ってほしいの。それがモデルの条件よ」

恐らく私が思いつくような平凡な価値観では動いていないのだろう。都は病的なまでに自分の姿を愛している。それが全てなのだ。彼女にとって私は「自分の秘密を知っている同級生」ではなく、「自分を映す新しい鏡」でしかない。

わずかに乱れた制服を纏い、私に背を向けて部屋から出ていく都をそれから何度見送っただろう。彼女の瞳はピアノに映る自分を愛撫し、木炭でなぞられた自分の姿を品定めする。すぐそばにいるはずの私を映すことはない。

廊下でクラスメイトたちに囲まれている都とすれ違う時、ほんの一瞬だけお互いの視線が絡んで解《ほど》ける。言葉も挨拶《あいさつ》も交わさないが、たった今彼女と楽しげに談笑している少女たちが知らないことを、私はいくつも知っている。着けている下着の色だとか、足の付け根にあるほくろ。昨日はどんな風に乱れたか。生徒たちの憧れである彼女と背徳的な秘密を共有する灰色の優越感に、私はひっそりと浸っていた。

いつものように行為に及んでいたある日、ふと自分がピアノに対して嫉妬《しっと》に近い感情を抱いていることに気が付いた。毎日のように全てをさらけ出す彼女に見つめられ、優しく触れられているピアノが、妬《ねた》ましくて仕方なかった。同じただの鏡なのに、自分の方が劣《おと》っているような気がして、必死にデッサンの腕を磨いた。焦《こ》がれるほどに白いページが彼女で埋まり、結果的に絵は上達していった。

卒業を間近に控えた頃、私は周りより一足早く念願の美大に合格した。都も、名門私立大学に推薦で合格したらしい。その話は、合格発表の日に本人から直接聞いた。

「この関係もそろそろ終わりね」

窓から斜めに降り注ぐ淡い光に照らされて、都の肌は虹色を含んで煌《きらめ》いている。ピアノは眩《まぶ》しく光を反射し、ちかちかと私の目を刺した。

「どの絵を貰《もら》おうかしら。最近実鈴がどんどん上達していくから、迷ってしまうわ」

言いながら彼女は少し黄ばんだ白鍵盤をとん、と叩く。澄んだ音が響いた。アーモンド形の黒く濡れた瞳にほんの一瞬、壁にもたれて膝を抱える饐《す》えた上目遣いの私が移り込んで消える。

「……都は私のこと、どう思っているの」

乾いた口がひとりでに呟《つぶや》いていた。ひたり、と都の視線が私を捉えるのがわかる。磨き上げられた床は、俯《うつむ》く私の情けない顔を丁寧に映していた。

「好きよ」

小さく軋《きし》む椅子から降り立った都は、そこかしこで輪になった制服をまたいで、日の当たらない部屋の隅に座り込む私の前に歩み寄る。

そっと手からスケッチブックが取り上げられた。そのままパタリと近くの床に置かれる。不思議に思って顔をあげると、都の髪の毛先が頬をくすぐった。

熱を帯びた細い指先が制服の胸元に伸びてきて、プツンとリボンを攫っていく。もう片方の手のひらが私の肩に触れ、気づけば先ほどまで見つめ合っていた床に私は押し倒されていた。

「都?」

ふふ、と笑う彼女の右手が、器用にセーラー服の前を留めるボタンを外していく。黒髪がカーテンのようにさらさら垂れて、その端正な顔に影を落としていた。ブラジャーの縁から侵入した指先が胸の放物線をなぞり、乳頭をつまんで先端をひっかくように弄《いじ》る。ぞわりと肌が泡立った。

「実鈴は私だけを見てる」

普段はほんの一瞬しか交わらない都の瞳が、じっと私を搦《から》めとる。いつの間にか膝のあたりに添えられていた彼女の手が、腿《もも》の内側を滑って付け根までたどり着く。くしゃくしゃにまくれ上がったスカートに隠れて、その先は見えない。

「ほら、今も。私だけが、実鈴の目に映ってる」

境界線を越えた都の指が、敏感になった割れ目に滑り込む。

「あっ」

つぷりと内部に侵入された感覚に、私の全身がぐっと強張った。下腹のあたりに熱を持った血液が集まってくる。今や見慣れた都の指が、更に奥まで入ってきたのがわかった。

「私は綺麗なものに映った自分が好き。この床も、私がよく映るように毎日きちんと磨いてる。……あなたが毎日座る床でもあるし」

この教室の床を都が磨いていたことは知らなかった。汚れを厭うあの白い手で濡れた雑巾を絞り、床に這《は》いつくばって日々積もる埃をぬぐい取っていたのだろうか。それが私のためでもあったというのだろうか。

「私を写してくれるものも好き」

中を軽くかき混ぜられる。寝起きに口を開けた時のような粘着質で小さな水音が、二人の間にこもった。

「私だけが特別に映っているから」

衣擦《きぬず》れが響いて、ぬっと指が抜かれる。内腿に掠めて付いた液体が気持ち悪い。スカートの陰から現れた都の指先は、第一関節くらいまでしか濡れていなかった。もっと深いところまで入り込んでいたと思っていたのに。

淫靡《いんび》な光が纏わりついた関節のしわを見つめる視界が塞《ふさ》がれ、柔らかな舌が乾いた唇を湿らせる。

「私は、あなたが創る私を愛してる」

今までで一番近い距離で、都はそうささやいた。人肌の空気がすっと離れていく。私はそれを許さなかった。

遠ざかろうとする体温の低い細腕を、ぱっと摑《つか》む。都の筋肉が強張ったのがわかった。そのまま床に引き倒し、馬乗りになって覆いかぶさる。花のように広がった髪に指を絡めるようにして手をついて、私は彼女を床に縫い止めた。

産毛《うぶげ》の薄い陶器じみた滑らかな足を、手のひらで膝から上へ撫で上げる。遊ばせた指先が内側の皮膚の薄いところに触れると、魚のようにびくりと腿がはねた。足の付け根のほのかな丸みを包み隠すレースの布の端から指を差し入れる。どろどろの蜜を口元に塗った壺を連想した。入口は広いが奥が狭い。自分の指の形に合わせて張り付いてくる内壁をなぞるように、そのままぐっと奥まで押しこんだ。

「あっ」

ピアノが鳴き、指先にひたりと微かに行き止まりを感じて私は指を引く。都は眉根を寄せて、痛みをこらえるように足を閉じようとした。中がぎゅうと吸い付いてきて抜きにくい。根元まで濡れた指は外気に触れると寒かった。

「あ」

中指を伸ばした時にできるしわや爪と肉の間の隙間に、てらてらとまだ空気に触れたことのないオレンジがかった明るい鮮血が纏わりついていた。

焦がれた女神の赤色が、今私の指先にある。それなのに、ざあっと波が引くように彼女が遠のいていく感覚に襲われた。無意識に、私は指先の赤に口付ける。

その間にも、波に攫われる砂を必死に摑んでいるような真っ青な孤独が、足元からひたひたと冷たく満ちてくるのを私は感じていた。

沈む指先、ずぶ濡れの猫

飯田みのり

身体から熱が引いていくのを感じてゆっくりと目を開けた。汗ばんだ肌に貼りつく髪と、湿り気を帯びてくしゃくしゃになったシーツ。それを縋《すが》るように摑《つか》んだ右手のすぐ傍には、こちらに背を向けてベッドに腰かけている彼の姿があった。

間接照明に照らされた彼の素肌は、暖かなオレンジ色に染まっているのにどこか冷えているように見える。耐えられずそっとその背中を抱きしめた。けれど、お互いに冷え切った身体では、一向に温まらない。彼はそれに応えるように落ち着いた調子で呟《つぶや》いた。

「ねぇ、杏花」

「何？」

続けられる言葉に期待しながら唇を近づけると、彼は静かにそれを拒《こば》んだ。

「どうして、声、出さないの？　……杏花、あまり声出さないから感じてないのかと思って」

「……そんなことないよ、我慢してるだけ」

彼の部屋で夜を共に過ごすようになってもうしばらくになる。けれど、肌を重ねるごとに彼は不満そうな表情を浮かべることが多くなっていった。それは紛れもなく、行為中に私が彼の期待に添えないせいだった。

どうして、声を出さないのか。そう問われても、出さないのではなく出せないのだ。アダルトビデオの女優たちはあんなにも艶《つや》っぽい声を上げているというのに、自分にはそれができない。彼もきっと、あんな嬌声《きょうせい》を待ちわびているというのに。行為の気持ちよさのあまり自然に声が出てしまうなんて聞くけれど、それほどの快感も激情も、全く湧き上がってこない。相性が悪いのだろうか。そんな考えが頭に浮かんでは打ち消すことの繰り返しだった。

「いつも言ってるよね、我慢しなくてもいいって。今まで隣の人から苦情が来たことなんてないし」

「その、だって、恥ずかしいから」

「……そっか」

シーツが擦《す》れる音や吐息すら聞こえない、沈黙だけが二人の間を流れていく。それに耐えきれなくなって私はまた口を開いた。

「……もう、今日は眠ろう？」

明かりを落とすと、彼は隣で寝息を立て始めた。その冷えた背中に顔を埋《うず》めているうちに少しずつ意識は遠のいていった。

ベッドが軋《きし》む音と沈む感覚でぼんやりと目を開けた。月明りで透けたカーテンに浮かび上がった影は見慣れた彼の形をしている。その影はベッドからゆっくりと立ち上がるとクローゼットの扉に手を掛けた。

こんな夜中に何をしようというのだろう。胎児のように丸まり潜ったまま、寝具の隙間から影を覗《のぞ》いていると、影は音を立てないようにそっと扉を開けて中へと入っていった。くぐもった彼の囁《ささや》きが聞こえるが、何と言っているのかは聞き取れない。彼の低い音に応えて、さえずるような高い音が聞こえた気がした。

囁く声が次第に消えていくのとは逆に扉の向こうの床がギシ、ギシ、と軋み始める。扉の向こうで何かが沈んでは浮き上がり、また沈んでいくような空気の振動。次第にそれは激しくなり、その向こうで確かに何かが鳴いた。

低く落ち着いた彼の音ではない、甘い吐息を含んだ高い音。痛みに喘《あえ》ぎながらも恍惚《こうこつ》とした喜びに満ちている。それは、春の夜に聞こえてくる雌猫《めすねこ》の鳴き声によく似ていた。

軋む床の音に合わせて、雌猫はしゃくり上げ嗚咽《おえつ》を漏らす。暗闇に沈んだ雌猫は、水もないのに溺《おぼ》れているようだ。苦しそうに酸素を求めているくせに、さらに深いところへ沈めてほしいと甘えて欲しがっている。

いつの間に入り込んだのかなどと考える暇もなく、雌猫の鳴き声は頭の中で絶えず反響し脳を冒《おか》していく。一人でベッドに横たわる私をあざ笑うみたいに。一緒に聞こえてくるのはピチャピチャという耳につく水音。唾液《だえき》で湿っていてざらざらした猫の舌先に舐《な》められているように、全身はぞくぞくと震え感覚は麻痺《まひ》していく。熱を帯びた吐息が自然と自分の唇からも漏れていた。

体温を吸った寝具が身体へ纏《まと》わりついて息が苦しい。まるで自分以外の誰かに後ろから押さえつけられ、抱きしめられているようだ。太腿《ふともも》は汗で湿って貼りつく布が痒《かゆ》い。痒くて仕方がない。それを慰めようとする指先は、忙《せわ》しなく汗ばむ素肌を撫《な》でながら無意識のうちに少しずつ上へと這《は》いあがっていく。

吐息のスタッカートをいくつも刻んだ後に雌猫の身体がまた浮き上がる。息継ぎもままならぬまま、水面に何度も叩きつけられて沈んでいく。すっかり水分を含んだ布から伝わる生ぬるい体温が、彼の熱を思い出させた。彼の指先が通った軌跡を自らなぞっていく。彼がしたように優しく滑《すべ》り、彼がしたよりももっと強く爪を立てて。

指先が柔らかな肉へ沈み次第にぬめりを帯びていく。絶えず熱を吐き出すそこを伸ばしかけの爪が引っ掻き回す度に、身体に熱が廻っていった。吐息が熱い。濡れた唇は込み上がる熱をこれ以上抑えきれない。指先が、唇が、燃えるように熱くなっていく。

もう、鼓膜を震わせる音が自分のものなのか雌猫のものなのかもわからない。

けれど、たった一瞬だけ、自分の喉が高い音を立てて震えたのを感じた。

扉の向こうの鳴き声がぴたりと止んだ。はっと我に返って口を塞《ふさ》ぐ。聞こえてしまったのだろうか。湿った寝具に抱かれながら、じっと息を潜めているとクローゼットの扉がゆっくりと開く音がした。濡れた身体が急速に冷えていく。耳に意識を集中させていると、また囁き声が聞こえてきた。耳になじんだ彼の声。それと聞き慣れない女の声、いや、鼓膜に焼き付くほど聞いた雌猫の声だ。

「……でも、よかったんですか？　あんなに激しくして」

雌猫はわざとらしく喉を鳴らしながら続けた。

「彼女さんに、聞こえちゃったかもしれませんよ？」

そこで聞いているのはお見通し。

そう言われているような気がして背筋に悪寒が走る。動けない。忍び寄る足音が二つ、少しずつ近づいてくる。そのうちの一つが足元までやってきた。マットレスが音を立てて沈む。置かれたのは彼の片手だろうか。

「大丈夫、眠ってるよ」

「それならいいんですけど。……はい、確かに。ぜひまたご指名お願いしますね」

遠のいていく足音がヒールの音に変わって間もなく、玄関の扉が閉まる音を聞いた。部屋はまた元の静寂に包まれていった。

心なしか満足げな溜息とともに、マットレスが彼の重さで沈んでいく。そのまま、彼は隣で寝息を立て始めた。その背中に触れると薄いシャツ越しの肌は汗ばんでいた。冷えた指先が、その肌にまだ微《かす》かに残った熱を感じ取る。火照《ほて》った彼の身体とすっかり冷え切った自分の身体。いくら彼の背中に縋りついても、もう彼はその熱を私に分けてはくれない。

「いつも言ってたよね、我慢しなくてもいいって」

それはただの独り言。けれど、目を閉じてもまだあの甘い鳴き声が頭の中に絡みついて離れなかった。


翌日彼の目を盗んで部屋を漁《あさ》ると、思っていたよりもあっさりと雌猫の足跡は見つかった。財布のカード入れに差し込んであるクレジットカードの裏。そこに隠してあった名刺にはピンク色のアルファベットで書かれた店の名前とアドレス、そして丸みを帯びた手書きの文字で『アミ』と名前が書いてあった。

その名刺の写真を撮ってアドレスを記録した後、仕事に行く彼を見送り一度自宅へ戻った。名刺に書いてあったアドレスをスマートフォンの画面へ打ち込むと、たくさんの女の画像とともに申し込みフォームが出てきた。指先を滑らせながら画面を送っていくと、名刺に書かれていた名前と同じアミという女を見つけた。

暗めのロングヘアと大きくて少しつり上がった猫目。身長は自分とそれほど変わらないが、スリーサイズから察するに自分よりも幾分柔らかそうな体つきだと思う。少しの間悩んだ末に、申し込みフォームにアミの名前と必要事項を打ち込んで送信ボタンを押した。

予定は午後七時。雌猫がやってくるまでは、いつも通り大学の講義とバイトで時間をつぶした。自宅に戻って待っていると、時計の針がほんの少しずれた頃に玄関のチャイムが鳴り、扉を開けると写真の女がそこに立っていた。微笑もうと細くなりかけた目が、私の姿を見るなり大きく見開かれる。男の名前が入力されていたのに、どこからどう見ても女の私が出てきたのでは無理もないが。

何事かと口を開きかけた女の腕を摑み、勢いそのままに中へと引き込んだ。扉を閉めると同時に女はよろめき尻餅をつく。その細い足から黒いヒールが片方脱げて転がった。薄いストッキングに包まれた赤い爪が露《あら》わになる。女は取り乱した様子もなく、顔を上げると小首を傾げた。

「もう、いきなり何するんですか。……あ、お部屋、間違っちゃいました？……蓮見《はすみ》キョウスケさんという方のお宅で間違いないかと思ったんですけど」

あの時の雌猫と同じ声だ。とっさにそう思い、女の姿をまじまじと見つめる。写真通りの顔に写真よりもずっとしなやかで柔らかそうな身体。人懐っこそうな微笑みを浮かべる口元とは裏腹に、その瞳はこちらがどう出るか冷静にうかがっている。

「いいえ、間違いなくここだけど」

「そうですか。今、ご不在……みたいですね？　ええ、すみません。出直しますので」

私のことを客の彼女か何かと思ったのか、女はあどけない笑顔を浮かべながら気まずそうに腰を上げ、脱げた靴に手を伸ばそうとした。昨夜は私がいてもあんなことをしていたくせに、いざ対面すると尻尾《しっぽ》を巻いて逃げるのか。女が拾おうとした靴を横からかすめ取る。その黒いハイヒールから金色の金具が外れ、ストラップがだらりと垂れ下がって揺れた。

「その必要はないわ。アミさん。呼んだのは私だから」

「……どういうことですか」

こちらを見上げる女の瞳に鋭い光が宿る。片手に女の靴をぶら下げたまま、私は淡々と問いかけた。

「昨夜《ゆうべ》のことは覚えてる？」

昨夜という単語に女は数秒考えた後、ああ、と頷《うなず》き蠱惑的《こわくてき》な笑みを浮かべた。

「なるほど、あの時の彼女さんでしたか。やっぱり、起きていたんですね」

「気づいてたの？」

「ええ。聞いていましたよ、あの時の可愛らしい声。あなたのだったんでしょう？」

桃色の唇が小鳥のさえずるような音を立てる。先程とはまるで変わってその瞳は獲物を狙う獣のようだ。

「それで、私をどうしたいんですか？」

女はおもむろに立ち上がり、もう片方の靴も脱ぎ転がすと私の目をじっと見つめた。長い睫毛《まつげ》に縁取られた茶色の瞳が、少しも逸《そ》らされることなくこちらを見つめている。

「私を殴るんですか？　それとも、彼氏さんを呼んでここで話し合いでもするつもり？　……どちらにせよ、昨夜のことで私に言いたいことがあるんでしょう？」

「そう、わかってるじゃない」

「それなら、どうぞ。お好きなように。こういうの慣れてますから」

女は開き直ってそのまま床に腰を下ろした。雌猫の強気な目は変わらずこちらをじっと見つめている。私もその瞳を見つめ返したまま、薄暗い玄関に沈黙だけが流れていく。それに耐えきれず口を開いたのは女のほうだった。

「どうしたんですか、何か言ってくださいよ」

張り詰めた空気の中、女の靴を摑んだ手が汗ばんでいく。動揺を悟られないように見つめ返すのが精一杯だ。無理やり唇を開くと喉の奥から遅れて声が出てきた。

「別にあなたを咎《とが》める気なんてない。……確かにちょっとは悔しいけれど」

「だったら、どうして私を呼んだんですか？　何のために……」

「あなたの声」

「……は？」

「あなたの声を私にちょうだい」

昨夜私を沈めたその声が欲しい。聞く者全てをずぶ濡れにするあの魅惑の鳴き声が。自分の喉からあの鳴き声が出ているのではないか、水面に叩きつけられているのは自分なのではないかと錯覚するほど私を狂わせた甘い音。彼の熱を独り占めにしたあの雌猫に私はなりたい。たとえそれを請《こ》う相手が彼を奪った泥棒猫でも構わない。

そう思いの丈を吐き出すと、女は我慢できずに噴き出して笑った。

「あなた、変わってるわ。浮気相手に教えを乞うなんて。普通なら、私、ここでどんな酷《ひど》い仕打ちを受けても文句は言えないのに」

女は足元に転がった靴を拾い上げ、私の手からもう片方を受け取ると玄関の隅へ踵《かかと》を揃えて置いた。

「いいわ、教えてあげる。言っておくけど、私はあなたの彼みたいに優しくはできないかもしれないわよ。さあ、部屋に通してちょうだい」

女は私が案内する間もなくずかずかと部屋の中へ入っていく。寝室の扉に手を掛けたとき、ふと思い出したように振り返った。

「そうそう、私を呼び出した以上はあなたもお客だからね。受講料はちゃんと戴《いただ》くから」


シャワーを浴びたばかりの火照った素肌の上を女の白い指が這っていく。覆いかぶさる女の手足は細くしなやかなのにその肉は柔らかく、仰向けのままシーツへ押し付けられた自分の身体がどんどん女へ沈み込んでいく。汗のにじんだ頬に女の長い髪が貼りついた。耳元で女は湿った声で囁く。

「目を閉じていて。感覚を研ぎ澄ませるの。……身体、強張ってるわ。そう、そのまま力を抜いて」

目を閉じると、女の吐息と肌を撫でる指先の感覚だけが私の世界になった。重力で潰《つぶ》れた肉の上を指先が円を描くように滑っていく。その先の一際薄くてまだ柔らかい皮膚を女の長い爪が弾《はじ》いた。胸元から腰へ微かに甘い痺《しび》れが走っていく。くすぐったくて身をよじるが、女の爪は容赦《ようしゃ》なくそこを弄《もてあそ》ぶ。

「感度は悪くないみたい。……問題は彼かしら？　下手ってわけではないけれど、物足りなかったのよね。女は入れれば鳴くなんて思ってる男もいる。……そんなに単純じゃないのにね」

女の指先が潰れた肉へ沈み込んでくる。きつく鷲《わし》づかみにしたかと思うと力を緩《ゆる》め、また指先を滑らせていく。鷲づかみにされる瞬間にその下にある肺も締め付けられ、唇から熱くて湿った吐息が零《こぼ》れた。水の中にいるわけでもないのに、水圧に押しつぶされているみたいに呼吸が苦しくなっていく。もう一つの女の指先が下へと滑り、汗ばんだ太腿を撫でると弾力のある肉へ食い込んでいった。もはや、口を開かずに呼吸なんてできない。唇が湿り、鼓動がどんどん速くなっていく。

「そう、そのまま。みんな吐き出しちゃっていいんだから。我慢なんてしなくてもいいの」

我慢しなくてもいい。

彼がいつも言っていたその言葉にほんの少しの苛立《いらだ》ちと興奮を覚えた。あの申し訳なさそうな顔が熱に浮かされ、悶《もだ》えながら私だけを求める様を見てみたい。あの穏やかな囁き声に熱い吐息が混じるのを聞きたい。あの優しい男の熱が欲しい。この雌猫の鳴き声が欲しい。

「言われなくても……我慢なんて、してやらないから」

「そう、じゃあ、こっちも遠慮はしないわよ」

女の指先が濡れた肉の中へ沈んでいく。きつく締めあげる内側を押しのけるように、女の爪が引っ掻き回した。生ぬるい水が太腿を伝う。絶えず熱を吐き出す唇は今にも張り裂けそうだ。身体が沈んでいく。指先が音を立てて浮き上がる。身体も自然と浮き上がってくる。また指先は沈みぬるい体温と溶け合っていく。

「どうしたの、ほら。その息で喉を震わせてみなさいよ」

二本の指は止まり方を忘れたように踊り狂う。吐息が嗚咽にも似た音へと変わっていく。甘酸っぱい香りとともに湿った生暖かいものが首筋をぬるりと撫でていった。瞬間、身体が震えあがり小さく喉を震わせた。まだ生まれたての子猫みたいに。

「そう、いい子ね」

女の声が自分の内側で響く。溶け合った肌は次第に境界が曖昧《あいまい》になっていく。もう自分が女へ沈んでいるのか、自分に女が沈んでいくのかもわからない。

瞼《まぶた》の下に広がるのは一面の暗闇。鼓膜を震わせる音、鼻をくすぐる甘い香り、肌を擦《こす》る熱だけが私の世界。沈んでいく。ぬるくて、苦しくて、気持ちいい熱の底へ。

猫の濡れた舌先と爪が私を掻き毟《むし》り、熱を煽《あお》る。沈んでいく。もっと深いところへ。

その水圧に耐えきれず、押しつぶされた肺から吐息が吐き出され、燃えるような熱とともに私は高く鳴いた。

外は土砂降りだというのに、私は久しぶりにヒールを履いた。爪先に体重が集中するし足首のストラップはきつくて仕方がなかったけれど、いつもよりほんの少し高い視界が心地いい。講義の後に一緒に買い物へ行った女友達は、私が迷わず真っ赤なヒールを選んだことに心底驚いていたようだった。「彼氏と喧嘩した？新しい男でもできたの？」と問い詰められて、私は思わず噴き出し「今から喧嘩をする予定」と答えておいた。

踵が軽やかな音を立ててアスファルトの上を跳ねる。水溜まりから跳ねた水で足が濡れた。まるで靴が勝手に踊っているような錯覚を覚えてしまう。そういえば、そんな童話があったような。

我儘《わがまま》で自分勝手なカーレンは、罰としてお気に入りの赤い靴に呪いをかけられ、泣き叫びながらずっと踊り狂う。そして、赤い靴と両足を捨て、最後には神様に許された喜びで心臓が張り裂け死んでしまう。なんて悲惨な話だろう。

もし神様がいたとして、今の私を見たら怒るだろうか。魔法使いでもけしかけて呪いをかけるだろうか。この靴を決して彼のためではなくて、自分のためだけに履いていることもお見通しかもしれない。でも、そのくらいは許してくれたっていいじゃないか。今まであんなにもいい子にしていたのだから。もう私は我慢なんてしたくない。

踊る靴が着地したのはいつも通り、彼の部屋の扉の前だった。インターホンを押すと暫《しばら》くして彼が出てくる。急な訪問に戸惑いながらも、風邪を引いては大変だからと部屋の中へ通してくれた。いつもとは違うその靴には気づかずに。

冷えた指先はシャワーの熱でほぐれていった。内側に隠した熱に浮かされて、裸足のつま先は軽やかに彼のもとへ向かう。軽く引っ掻くように長い爪を彼の肌へ這わせると、彼の瞳が僅《わず》かに揺らいだ。

「なんか今日、いつもと違うね」

「……今頃気が付いたの？」

さて、どこが変わったでしょう。そう悪戯《いたずら》っぽく問いかけると、彼は戸惑ったように笑いながら首を傾げた。

わからないなら、わからせてやろうじゃない。苛立ちを指先に込めて、覆いかぶさる彼の背中へ爪を立てる。それに驚き崩れそうになる彼の身体をすり抜けて、彼をシーツに押し付ける。今度は逆に私が覆いかぶさる姿勢になった。

「いつも言っていたよね、我慢しなくてもいいって」

だから覚悟して。

長い爪が彼の頬を撫で、彼の冷えた肌が徐々に熱を帯びていく。僅かに開いたまま強張っているその唇へ、湿った舌を這わせていった。氷のように頑《かたく》なだった唇が少しずつ溶けだし、熱を求めて吐息を迎え入れる。二つの舌先は絡み合い溶け合っていく。

一度唇を離すとお互いの肌は湿り、呼吸は荒くなっていた。でも、まだ水深は浅い。もっと深いところまで沈みたい。火照った彼の素肌へ私はゆっくりと身体を沈み込ませていく。嗚咽にも似た嬌声を自ら漏らす。彼の熱が少しずつ私へ流れ込んできた。私の声を聞いて目を見開き、腰を浮かせようとした彼の身体を、私の身体がすかさず押さえつける。突き上げてくる熱に押されるように喉が震え、甘い鳴き声を小刻みに吐き出していった。

彼の熱が私の熱を上回り私の中へ押し入ってくる。内側から締め付け、締め付けられるような感覚。濡れた肌は境界がわからなくなるほど溶け合っていくのに、一番熱い内側は窮屈《きゅうくつ》で仕方がない。こんな感覚は今までになかった。どれだけ身をよじっても呼吸が苦しい。けれどその窮屈さが今はとても気持ちいい。もっと、もっと、深いところへ。私は僅かに感覚の残る身体を水面へと叩きつける。

彼の湿った吐息が聞こえる。身体が沈んでいく水音が聞こえる。一際大きく内側で響くのは雌猫の鳴き声。それは間違いなく私のもの。その声は甘い毒のように全身を駆け巡り、感覚を侵していく。意識が浮き上がり、また沈んでいく。けれど、まだ足りない。もっと、もっと深く。沈んでしまいたい。沈ませたい。もっと、もっと奥まで。

途端、体温の海から意識が切り離された。その片割れの彼の身体が硬直する。水面は燃えるように熱くなっていく。眼下で悶えていた彼が水中へ潜るときのように息を止めた。

駄目、まだ足りない。こんなものじゃない。嫌だ、止《や》めて。縋るように彼の胸へ爪を立てる。けれど、その抵抗も虚《むな》しく彼の身体は浮き上がり、吐息交じりの声が零れた。

あれほど求めた彼の熱が、たった一瞬のうちに私の中へ流れ込んできてしまった。濡れた肌が冷えていく。火照ったままの私の身体を置いてけぼりにして、彼は体温の海から引き揚げられた。力尽きたように胸を上下させながら呼吸をしている。彼の顔から汗で貼りついた髪を指先でよけると、まだ意識が蕩《とろ》けたままの瞳がこちらを見つめてきた。

満足げな吐息を零しながら動きかけた唇がじれったくて、発せられる言葉を待たずに自分の唇で塞ぎその言葉を呑み込んだ。言葉が欲しいんじゃない。もっとあなたの熱が欲しい。もう我慢なんてしてやらないんだから。

私は熱に突き動かされるまま、彼のぬるい体温の中へ再び沈み込んでいった。

一人で先に眠ってしまった彼を起こさないように、そっとベッドから下りる。まだ身体の中の熱は冷めない。いくら爪を立てても、どれだけ声を上げても私は私が満足するまで潜ることはできない。彼の寝顔を覗き込むとどこか幸せそうだった。指先がシーツへ沈む。立てられた爪でシーツへ皺が寄っていく。

あんなにも欲しかった彼の熱。彼の熱を手に入れるために身に着けた雌猫の鳴き声。けれど、私は雌猫の声に踊らされて、底なしの熱を求め続ける。これは呪いだ。欲張った私への罰なんだ。手に入れられないよりも、手に入れてしまった後のほうがこんなに辛いなんて。

ぬるい滴《しずく》の伝う頬を彼の顔へ寄せて、私はそっと呟いた。

「さよなら……ごめんね、私だけまだ眠れない」

それはただの独り言。けれど、どんなに唇を噛み締めてもあの甘い鳴き声は喉に絡みついたまま離れない。

つま先立ちのまま彼から離れていく。まき散らされた服を拾って身支度を整えると、ヒールの踵を二回鳴らして私は部屋を後にした。傘は置いたままだった。

錆《さ》びた扉の向こう側では、雨は一層激しく地面へ降り注いでいた。当分止みそうにもない。それでも、両足のヒールは立ち止まることを許してくれない。狂ったように水浸しのコンクリートへ飛び込んでいく。雨粒と踊る踵が黒い水面に波紋をいくつも作り重なり合った。

冷たい雨粒が火照った肌から熱を奪っていく。一人濡れていく身体が気持ち悪い。熱が欲しい。熱が足りない。体温の海へ沈んでしまいたい。

びしょ濡れのヒールは熱を求めて踊り続ける。喜びで満たされるはずだった胸が痛い。いっそ張り裂けてしまったほうが楽なのに。指先が冷えていく。彼の熱が消えていく。

冷たい水面で一人沈むこともできないまま、ずぶ濡れの猫は泣いた。

嫉妬愛

川村樹澄

〈体の相性が悪いカップルはほぼ別れる！〉

春休みの午後。誰もいない昇降口で、波多野春香《はたのはるか》は考える。この、『ほぼ』というのは、具体的にどの程度か。文末に『！』を付けてまで言い切る自信は、どこから来るのか。

この別れるカップルに、自分が入る確率は？

「……笑えない」

簀《す》の子《こ》に座り込んで、春香はスマホを握り締めた。

検索履歴に『セックス』『体』『相性』の三語を刻んだ結果、自分がいかに楽天的だったか、今、自分の置かれている状況がいかに深刻かを、真正面から突きつけられた。スマホを睨《にら》んでも、画面が変わることはない。

項垂《うなだ》れる春香の前を、黒いジャージが何人も横切った。男女入り交じったその集団は、騒々しさを引き連れて、校舎の奥から湧いてくる。部活動終了の時間だ。

「波多野さんじゃん。お疲れ〜」

「あ、お疲れさま」

見覚えのある女子が、外へ流れる人垣からはみ出し、手を振ってきた。去年のクラスメイトだったが、名前は何といったか……うるさい女子グループの末端だったのは覚えている。

「波多野さんも部活？　今帰り？」

「んー……今から、図書委員会の仕事。手伝ってく？」

面倒そうな空気を匂わせると、彼女は笑って逃げていった。それでいい。ここで親切心を発揮されても困る。ところで、生徒も教師も入れ替わる春休み中に、活動している委員会などあるのだろうか。

曇天《どんてん》の下へ弾《はず》むように出て行く黒ジャージたちを眺《なが》めていると、並んで歩く背中があった。友人にしても素っ気ない距離を空けていると思ったら、一歩進むごとに、その隙間が縮んでいく。桜が咲かなくとも、恋の季節とやらは、来るところには来ているらしい。

自分にだって、とスマホに視線を戻す。そろそろ連絡が来るはずだ。

暗くなったスマホの画面に、気の強そうなつり目が映る。不機嫌そうに細められ、まるで能面のようだった。

その時、ちょうど表示されたメッセージを見て、春香は跳ねるように立ち上がった。廊下にこだまする軽やかな足音は、校舎の奥へ向かう。体育館脇の廊下、更衣室とトイレ、一度に八人は立てる水道に挟まれた、その突き当たりへ。

「大地、来たよ」

生徒の目から隠れるように佇《たたず》むその扉は、弓道部と書かれたプレートを掲げている。

言いつけを破る子供のようにこわごわと、しかし喜々として扉を滑《すべ》らせた春香を、畳の上で、武藤大地が手招きした。

「早いな。どんくらい待ってた？」

「別に？　十分くらい」

「寒かった？」

「ちっとも」

丸っこい目を細めた人懐っこい笑顔に迎えられ、春香はたまらず胡坐《あぐら》を掻く脚にしなだれかかった。春香の体を包み込める体軀《たいく》は、軽々と受け止めてくれる。

台に乗った巻藁《まきわら》や、蓋《ふた》付きの大きな鏡、用途の分からない道具が、影の中に潜んでいる。元用具倉庫だっただけあり、窓は小さなものが一つしかない。蛍光灯は消されていて、部屋の中は薄暗かった。

「……本当にやるの？」

「じゃなきゃ鍵当番なんて引き受けないって」

畳の上に押し倒される。大地の顔は、とっくにその気だった。大人しく待っているふりをして、喰らいつく隙を虎視眈々《こしたんたん》と狙っている、ケダモノの目だ。

「部室だよ？　学校だよ？」

「何だよ……嫌ならいいけど？」

尋ねるくせに、無遠慮な手がセーラー服の中に入ってきた。

眉を下げた大地が、甘えるように首筋に顔を埋《うず》める。少し乾燥気味の頬が触れるだけで、胸がざわめき、息を吸えば大地の匂いが肺を満たした。シャンプーの香りと、ほんの少し混じる汗の臭いに、春香は内側から侵食されていく。

「だいちも脱いでよ……」

「へいへい、お、けっこう涼しいな」

そっぽを向いて言えば、大地はあっさり素肌を晒《さら》した。

引き締まった体軀にうっとりする。こんな体に求められるなんて光栄だ。セックスしたいと乞われたら、叶えてあげたいと思うのは当然……いや、『あげたい』なんておこがましい。

大地に、春香は選ばれた。他の女ではない、春香が選ばれた。だから、大地が飽きないように必死で善《よ》がる、ふりをする。

「春香は？　寒くない？」

「んっ」

セーラー服をたくし上げられて、水色のブラが現れる。そのふちを飾るレース生地と、日焼けを知らない白い肌の境目を乾いた指先になぞられて、ヒクンと腹が引き攣《つ》った。

「さむ、い……あっ」

腹、脇腹、腰と、露《あら》わになった素肌に、何度も唇が落とされる。触れない所がないくらい満遍なく。とくに、脇腹を柔らかい唇につつかれるたび、神経を電流が駆け巡り、手足の先がピクッと跳ねた。

「春香はここ弱いよな」

「んひっ……やぁ、しつこい……!」

思わず足を振り上げると、大地は細い足首に、べろりと舌を這《は》わせた。唾液《だえき》を塗られた自分の足首に、スカートの中の腰がキュウッと震える。まるで、期待に鳴いているようだった。

「ん、ふ……ふー」

大地の腰にもう片方の脚を擦《す》りつけると、誘われるまま、手がスカートの中へ伸びてきた。熱の籠《こも》った下着の、さらに奥の割れ目に大地の指を感じて、喉を駆け上がる嬌声《きょうせい》を、制服の袖口に吸い込ませた。大地は、あまりうるさいのは好きではない。

硬くて厚い皮膚が触れるたび、大地の熱が春香に浸透していく。やがてそれは脳まで侵《おか》し、ここが学校で、神聖な部室であることを、頭ごと蕩《とろ》かしていった。

「そろそろ、だいじょうぶか？」

「あ、ん……」

期待に喘《あえ》ぐ体が、僅《わず》かに強張った。ここからだ。ここから先だ。

脚の間で、小さな袋を破く音がした。無言の間、耳の奥で心臓の音を聞いていた。鼓動に合わせて、全身が張り詰めていく。そしてとうとう、濡れそぼったそこに、くちゅ、と音を立てて別の熱が触れた。

「だ、いち……ねぇ……」

好きだよ。セックスが気持ち良くなくても好き。大地が気持ち良くなるように頑張るから。だからどうか、捨てないで。飽きないで。やめないで。お願いだから。

「どした？」

大地が、畳に爪を立てる指を絡め取ってくれる。ふとした優しさに、大それた願望を白状してしまいそうだ。泣きそうになり、顔を反らした。

「……え」

一瞬。息も心臓も、時間さえも止まったかのような一瞬を、春香は体感した。

部室の扉が、少し、開いている。

ほんの数センチの隙間、その奥に、こちらをじっと見つめる人がいた。

「あ、あ……」

甘く痺《しび》れていた体が、芯から凍りつき、震えはじめる。その瞬間、春香の中に、異物が割り込んだ。

「あぁ！」

見られた、見られた、見られている！　熱が引いていく春香の体を、真っ二つに引き千切るような、慣れない痛みが蹂躙《じゅうりん》する。

「あぐっううう」

まるで暴君のように胎《はら》を割り開こうとする異物に、罪人の心地でひたすら許しを請《こ》う。また駄目だった、と残念がる余裕もない。衝撃を逃がそうと、必死で頭を畳に擦《こす》りつけた。

「はぁ、きっつ……！」

押し殺したような、唸《うな》るような大地の声が、唯一の救いだった。春香の体で、ちゃんと気持ちいいのだと分かる声。

それだけでもう、どうでもよくなる。春香の腰を摑《つか》み、揺さぶる大地は、血の気の失せた白い首元に顔を寄せる。大地に従順であるように叩き込まれた春香は、苦痛に霞《かす》む思考の中で、大地が噛みやすいように首を反らせた。

その時、扉の奥と目が合った。

向こうも目を見開いたのが分かる。そのまま立ち去ってくれないか、と願うも、無粋な瞳は変わらずそこに居座った。そいつの息遣いさえ聞こえてきそうな、瞬きさえ惜しむ強い視線が、春香に注がれる。

まるで、目に見えない愛撫《あいぶ》を受けているようだった。

「あ、んん……っ」

かちり、と。頭の奥で、そんな音が鳴った。痒《かゆ》いような、くすぐったいような……得体の知れない何かが、体の奥深くで疼《うず》き出し、胎の底を焦《こ》がした。今まで青いくらいだった春香の肌に、うっすらと色が戻りつつある。

「はっ……やっべぇ……」

目の前に差し出された首筋が、ほんのりと桃色に染まり、大地の欲を刺激する。それは、空腹にも似ていた。

「いいっ」

大地の歯が、春香の柔肌を突き破った。突き抜ける痛みに叫んだのは一瞬。春香の背筋を、甘い痺れが這い上がった。

「ああ、あ……」

扉の奥を見つめたまま、春香は身悶《みもだ》えた。

熱を持ってきた肩口も、尻たぶにぶつかる大地の腰骨も、ぜんぶまるっと快感に変わり、体の内に溜まっていく。勝手に中が大地を締め付け、その熱さにまた喘ぐ。

「くぅっ」

こんなに、融《と》け合って流れてしまいそうなほど繋《つな》がっている。犬のような声を漏らした大地が、この世で一番かわいくてたまらない。と、思った途端、春香の体は昇りきった。

見上げる天井がジワリと滲《にじ》む。指先を動かすのも億劫《おっくう》なほど、底なしの達成感に沈む春香は、うっすらと笑みさえ浮かべていた。

手早く後始末をしてくれた大地が、一足先に帰っていった部室で、春香は一人、畳の上に寝転がる。帰る時はこれを使って戸締まりを、と大地から渡されたスペアキーが、手の中で転がった。大地からの信頼に、頬が緩《ゆる》んだのも束の間。「二人の秘密」と、大地と交わした約束を思い出し、後悔と自己嫌悪とが、心臓を押し潰《つぶ》す。

迂闊《うかつ》だった。浮かれ過ぎていた。馬鹿の一つ覚えみたいに、何度も自分の過ちを掘り下げる。部室に入った時、鍵を閉め忘れなければ、こんなことにはならなかった。

二人の秘密を、覗《のぞ》かれたりしなかった。

初めて、セックスが気持ちいいと思えた。初めて、体だけでなく、心から大地と繋がった気がした。一周回って結果オーライだったと思うことにして、ようやく部室から出た頃には、空は晴れていたが、うっすらと月が浮かんでいた。

靴を履き替えながら、スマホを取り出す。少し充電が減っていただけで、新着メッセージは一件もない。その時、下駄箱の向こう側から、同じように外へ踏み出した誰かがいた。

お互いに目を合わせ、固まった。奇妙な沈黙が落ちる。湿気を孕んだ春風に、春香のスカートがはためく。相手の黒ジャージが揺れた。

先に目を逸《そ》らしたのは春香だった。相手とは口を利《き》くような仲でもなかったから、沈黙を放置して歩き出した。けれど、いきなり腕を摑まれてつんのめる。

何事かと振り返ると、そいつは、なぜか春香を睨んでいた。

「なに、何なの、渡里《わたり》」

睨み返してやれば、そいつは、渡里彰は、春香の腕を、まるでゴミでも捨てるかのように振り払った。肩から先が引っこ抜けるかと思った。自分から摑んでおいて何をしているのかと、春香の眉間に不愉快なしわが寄る。

渡里とは、同じ中学の出身だ。わざわざ二つも隣の市から、進学校でもない今の高校に進学した同級生は、他にいない。だからといって、仲は良くも悪くもない。入学式でお互いを認識した瞬間から二人の間には、暗黙の不可侵協定が結ばれている。

結ばれていた、はずだ。

「信じらんねぇ……」

「はぁ？」

「部室を汚《けが》すなって、波多野から武藤にも言っとけよ」

協定は、真正面から爆弾を落とされ、木っ端《こっぱ》みじんに吹き飛んだ。

渡里のジャージは、大地と同じ弓道部員のものだ。なのに、なぜ今頃、下校しているのだろう。大地以外の部員は、部室に行く前に見送ったはずだった。全員が部室を出たと大地が合図を送って寄越したから、春香は部室に向かったのに。

それはつまり、あの覗きは、

「あんただったの！」

声の大きさを睨まれて、春香はとっさに口を噤《つぐ》んだ。

掌《てのひら》の下で、口角を吊り上げた。

「おい。また部室で、気色悪いことしてるの見つけたら……」

「大地に嫌われたくないからって、私に当たるのやめてよ」

渡里が言葉に詰まった。顔色が悪くなり、視線が春香から逃げて泳いだ。素直すぎる反応に、思わず笑ってしまう。

わざわざ遠くの高校に進んだ理由。春香は単に引っ越しだ。店を開いた母に、問答無用で連れて来られた。知人が一人もいない入学式が嫌で仕方なかった春香とは逆に、渡里は他に同級生がいない入学式で、堂々と背筋を伸ばし、足元ではなく前を向いていた。

「高校ならもしかして、って思ってた？　それとも、まともなふりして、男に近付こうとしてた？　中学のときは避けられてたもんね、気持ち悪いって」

渡里が押し黙る。春香の口は止まらない。渡里の傷を暴いて、抉《えぐ》って、春香の優位を刷り込んでやるために、言葉を吐き続けた。渡里は目をきつく瞑《つぶ》り、食い縛った歯と握った拳《こぶし》が震えている。

「大地は綺麗だったでしょ？　あ、もしかして似てたの？　中学で流れた噂《うわさ》があったよね、あんたの初恋は小学校の」

「波多野ぉ……！」

絶対に他人には触らせない、脆《もろ》くて柔らかい場所。そこを、裸足で蹴りつけ、踏みつけた。

渡里の手が伸びてきて春香の首を絞めつける。それでもなお、春香は笑っていた。

「それ、武藤に言ってみろ……！」

殺してやる！

低く、押し殺した声のわりに、その表情は、脅《おど》される側のそれだった。不細工なその顔は、春香には懐かしさを感じさせるだけだ。虐《しいた》げられるだけの、圧倒的な弱者だった渡里の中学時代を思い出させた。

渡里の手に、自分の手を重ねる。と、まるで虫でも追い払うかのように弾《はじ》かれた。そんな暴挙も、必死の抵抗だと思えばかわいいものだ。

「ねぇ、これからも見せてあげようか」

渡里の顔が恐怖にゆがんだ。

「またやる時は教えてあげるからさ、今度は最初から隠れてなよ」

甘い言葉のエサに、渡里の瞳が期待に揺れた。

やっと咲いた桜が散り、葉桜になるまでの間に、春香は二年生になった。

浮足立った空気も、そろそろ地に足を付け始めている。気怠《けだる》さを思い出した先輩たちの背中を見て、新入生たちも肩の力を抜くことを覚えた頃だ。昼休みに後輩が顔を見せた。

「波多野先輩、すみません、今日の放課後の図書当番、少し遅れます」

「えぇ、どうしたの？　居残り？」

「一世一代の賭けに出るんです！」

「……へぇ」

じゃあもう来るな、という本音をお茶で流し込む。わざわざ二年生の教室に来た後輩は、妙な気合と共に去っていった。前の席を占領し、一緒に弁当を囲んでいた友人が、ニヤニヤ笑って声を潜めた。

「後輩ちゃん、チラチラ渡里のこと見てたね。きっと告るよ、あれは」

「渡里に？」

友人につられて、廊下側の最後尾を振り返った。そこに座る彼は、教室に馴染《なじ》めているようには見えなくて、首を傾げる。なんで、あれがモテるんだろう。

「春香は見る目ないなぁ。渡里って、顔、綺麗じゃん？　睫毛《まつげ》とか女子に喧嘩売ってるよね」

「はあ」

「あと、隣のクラスの武藤と、足して二で割れってくらいクール。さすが弓道部って感じ。他の男子なんて猿に見えてるんじゃない、あの後輩ちゃん」

批評家気取りで解説する友人につられて、もう一度振り返る。渡里は静かに本を読んでいた。教室の中にあって、背景に混じらず、そこだけ浮き立って見えた。

喧騒《けんそう》には加わらず、けれど背筋は伸びていて。伏せられた目蓋《まぶた》の先で、女子顔負けの睫毛が影を落とす……根暗と呼ばれないのは、顔のおかげだったか。ひとつ納得した。

「ていうか、春香と渡里って同中じゃん。前からあんな感じ？　やっぱモテた？」

「さぁ……今年初めて同じクラスになったし」

その時、渡里が顔を上げた。あの無愛想な目が、じっと、春香の言葉を見張っている。

他人の心臓を握るって、きっとこういう心地だ。軽く、含みがあるように笑ってみせると、一気に焦りだすのが手に取るように分かる。

もう少し信用してくれてもいいと思うけれど。

放課後、春香は図書室にいた。

来るかも分からない利用者のために、貸し出しカウンターに座る。当番のペアである後輩は、昼休みの連絡通りまだ来ない。顧問の古典教師も、職員会議で遅れるとか。

一人で過ごす時間はぬるま湯のようで、ひどくゆっくり流れた。時計の針は、まだ半分も回っていない。目に入るものは夕焼けに染まった本棚と、風に揺れているカーテンだけ。窓から入る野球部の掛け声は遠すぎて、眠気を飛ばすには力不足だ。

「……うん？」

眠気を覚ますために立ち上がると、夕焼けを存分に取り込む窓の下に、黒い頭を二つ見つけた。めったに人がいない裏庭の、綺麗に剪定《せんてい》された植え木の中に隠れるように。

「へぇ……マジだったんだ」

ここにいるべき後輩が、弓道着姿の渡里に頭を下げている。声は聞こえないが、今まさに告白をしたらしい。渡里が目に見えてうろたえている。どうせ返事は決まっているくせに、白々しい。

「おう？」

後輩が背伸びをして、真っ赤な顔を渡里に近付けた。眠気も吹き飛び、思わず窓枠を握る手に力が入る。

「あ」

後輩の小さな体が、尻もちをついた。とっさに加減が出来なかったのだろう。腕を突き出した渡里自身も、何をしたのか分かっていないようだ。

渡里を見上げる後輩の顔が、見る間に歪《ゆが》んでいく。あぁ、泣いてしまう。慌てて差し出された渡里の手を振り払った彼女は、渡里にぶつかりながら走っていった。彼女の後ろを、友人らしい女子が追いかけていくのが見える。

「あ〜あ、酷《ひど》い奴」

可哀想に。呼び出しての告白だなんて、なかなか一途で情熱的な後輩は、恋する相手を間違えてしまったのだ。諦めるためにと思い出を願っても、そいつはそもそも女性を受け入れられない人間だった。

窓枠に肘《ひじ》をつき、見守っていた春香の視界に、もう一人、弓道着姿の男子が現れた。

渡里の背後からこっそりと忍び寄るその男は、渡里を呼びに来たのか、春香の目の前で、勢いよく彼に飛びついた。告白のことをからかわれたのか、困ったように渡里が笑っているのが見える。それは、至って普通の、友人同士のじゃれ合いだけれど、でも、

「大地……？」

それは、二人の間にある感情で、意味が変わってくるじゃないか。

何ということはない、馬鹿騒ぎするクラスの男子と同じだ。そのはずなのに、今すぐ間に割り込んで、二人を引き剥《は》がせ、と喚《わめ》く自分がいる。

今まで、渡里が、春香に対して抱いていたはずの感情。その根深さとどす黒さを、春香は今、初めて知った。


後輩が委員会を結局バックレた二日後の土曜日。

いつものように、大地から誘われて、昇降口で待っていた。目の前を横切る黒ジャージ集団を見送っていると、渡里を見つけた。教室にいるときよりも表情が柔らかい彼に、笑って手を振ってみせた。

一瞬、迷ったようなそぶりを見せ、それでも小さく頷《うなず》きを返した渡里にほくそ笑んで、校舎の奥へ向かった。

「……ねぇ、もっと、もっとして……!」

蛍光灯の下で、はっきりと見えるお互いの痴態《ちたい》に、いつもより心臓がうるさく、忙《せわ》しない。今日は今にも雨が降りそうに空が暗いから、と大地は消してくれなかった。

セーラー服ごとブラを上にずらされて、つんと尖《とが》った乳首を、大地が軽く食《は》んだ。

「っあぁ！」

ふ、と床が抜けたような浮遊感。思わず大地の頭を抱き込むと、口に含まれたままの乳首に歯を立てられる。ビクッとひと際大きく跳ねた体は、くてんと力が入らなくなった。

「は、なに、積極的じゃん？」

「ふ……はぁ」

春香に覆いかぶさる大地が、興奮して赤くなった目元を緩めて笑うのに、うっとりと笑い返した。

もっと、なんて初めて言った。無意識に口走ったけれど、大地が喜んだならいい。湿った肌と肌を密着させて、湧き上がる高揚のままに抱きついた。

少しだけ開けた扉の奥に、見せつけるように。隙間から注がれる視線に、さっきから背筋が痺れっぱなしだ。

「……ねぇ、今日は噛まないの……？」

「噛んで欲しいわけ？」

春休み中、ここで、初めて正しいセックスが出来たとき。最後に春香の肩に残された噛み痕《あと》は、すぐに消えてしまった。毎日、鏡に映して眺めていても飽きなかったのに。

春香は、セーラー服の襟《えり》を大きく開き、あのときと同じように、白い首筋を晒した。赤黒い半円が居座っていたそこを、大地の前に差し出す。今度は、三日程度じゃ消えないくらい、深く、強く、残して欲しい。

細腰を撫《な》でていた大地の、汗ばんだ左手に舌を這わせる。ねだるように、大地と目を合わせながら、指先に歯を立てた。親指の根元に擦り傷があった。

「っくそ……！」

低く息を吐いた大地が、首筋に顔を突っ込んだ。真珠のように輝かしい肌を、たっぷりと唾液をまとった舌で堪能《たんのう》したあと、欲の赴《おもむ》くまま、思いっきり歯を突き立てた。

「いぃい！」

今にも千切れる糸のような、張り詰めた悲鳴。

強すぎた、と大地はとっさに口を離した。けれど春香の顔は、赤みを増して、口元からはだらしなく涎《よだれ》が垂れていて、とても痛がっているようには見えなかった。

震える指先で肩の傷を確認すると、春香は顔をほころばせた。扉の奥からも見えただろう。渡里がどれだけ望んでも手に入らないものが。

「よっ……と」

「あっ……え、なに」

大地が体を起こしたかと思えば、すぐに春香も抱き起こされた。太い腕が腰に回され、膝《ひざ》の上に跨《また》がる春香を支える。中に入ったままの大地のペニスが、ずっと奥の方まで抉った。

「ん、うぅ……」

「なぁ、見てみ？」

新しい圧迫感に呻《うめ》くより先に、大地の指が春香の髪に絡み、顔の向きを変えた。その先には、上着を脱いだ大地と、彼に跨る春香がいた。

「ひっ……や、やだ！」

いつも蓋が閉まっていた大きな鏡。弓道部が弓を引く動作を確認するために使っていると、大地が教えてくれた。その鏡に、自分が映っていた。制服を大胆にたくし上げ、肌を晒して、男を咥《くわ》えこんでいる。火照《ほて》って、淫《みだ》らに蕩《とろ》けた顔までしっかり見えた。

顔を逸《そ》らそうとすると、髪を摑まれてまた戻される。鏡の中で、日に焼けた手が、春香の背中を撫で、するすると下へ降りて行く。尻の割れ目をくすぐられると、春香は小さく悲鳴を上げた。

「今、すげぇ締まった」

「う、っさい……」

囁かれる声が耳の奥に届き、脳を揺さぶる。上機嫌な大地が、そのまま腰を動かし始め、春香は必死にしがみついた。

灯りの下で、中途半端に裸を晒していた自分が、頭から離れない。今は鏡の中はどうなっているのだろう、とか、考えてしまう。ビリビリと体が熱くなり、腹の底が重くなっていく。

大地の肩越しに、扉の隙間が見える。あの奥で、渡里はどれだけの嫉妬に駆られているだろう。その罪深さを知ってしまったからこそ、余計に、今の状況が愉快だった。渡里がいくら望んでも手に入らないものを、自分が持っている優越感。

ムクムクと大きくなっていく衝動のままに、春香は、鼻先を押し付けていた大地の肩に、小さく歯を立てた。

「っ」

「ひっぁぐぅ……！？」

ずるり、春香の中から大地のペニスが抜けていく。突然の喪失感に喘ぐ間もなく、畳に叩き付けられた。背中を強かに打ち付けて、肺から空気が出ていく。

呻きながら大地を見上げると、彼は、春香を見ていなかった。その視線の先を見て、背筋が凍りついた。

「だ、だいち……」

ぞっとするほど静かな表情で、扉を見つめる大地を呼ぶ。すると、ニッコリ、笑った。

「なぁ、春香。俺、ちゃんと鍵かけろって、言ったよな？」

「ひっ」

畳に投げ出された春香の腹を、大地の指がつつ、と撫でる。それは胸の膨《ふく》らみの真ん中を通り、捲《まく》り上げられた服の下をくぐって、そのまま、大地のお気に入りの、白い首を舐《な》めるように撫でた。

急所を、優しく包まれるのは、セックス中に歯を立てられるよりも、危機感を煽《あお》られた。背中が粟立《あわだ》ち、冷や汗が噴き出る。

「あ、え、ぅぐぇ」

蛙が潰れたような音だった。そんな音が、春香の喉から押し出された。

春香に愛撫を施《ほどこ》し、優しく肌を撫でていた指が、細い首を絞めつけた。呼吸を遮断《しゃだん》され、空気を求めて喘ぐと、喉をさらに圧迫される。吸いたいのに、吐き出しそうな気持ち悪さが、頭の中でパンパンに膨れ上がる。

「わざとか？　この前からさ、どこ見てんのか分かんないときがあったけど。

何？　見られるの期待してた？　見られて興奮するんだ？」

それなら一人でやってろよ。

何か、世界の終わりのようなことを言われた気がするけれど、春香には届いていなかった。唾液が溢れて止まらないのに、飲み込めずに口の端から顔を汚す。それでも圧は弱まるどころか、じわじわと強くなっていく。突き出した舌先が痺れてきた。

「む、武藤！」

ふと、喉を押さえていた圧迫感が消えた。

顔に集まっていた血が下がり、肺の許容量を超えた空気が一気になだれ込んできた。

「何やってんだよ……！　死んじまうだろ⁉」

「へぇ、渡里だったんか」

咳き込む気力もない春香の頭上で、言い合っている声がする。鉛《なまり》を詰め込んだような頭を持ち上げると、渡里がいた。

どうして出てきたの？

弱った喉は、まともな声を出してはくれない。このまま渡里が余計なことを言わないように、余計なことを聞く前に、大地に手を伸ばし――

「ふぅん……いいぜ、やるよ。言うこと聞かないゴミでいいなら」

「は……？」

何を、とは言わなかった。言わなかったけれど、大地は手放すらしい。ゴミを。

「あ、俺のお下がりだけど、いいよな」

ごつ、と春香の腹が圧迫される。体をくの字以上に折り曲げて、衝撃をとっさに逃がそうとした。大地の脚は一瞬で退《ど》けられたけれど、鈍《にぶ》い痛みが、内側に籠《こも》って消えてくれない。

「お前、俺のこと大好きだもんな？」

その言葉も、いつまでも、頭の中にこびりついて消えてくれない。

どちらに言ったのか分からなかった。けれど、大地が立ち去った部室では、二人が泣いていた。

畳に手足を投げ出して動かない春香の首筋に、渡里が顔を近付ける。大地ではない男が自分に跨るのを、春香は鏡越しに眺めていた。心が体から剥がれたように、何とも思わない。どんな罵詈雑言《ばりぞうごん》も、どんな仕打ちも、今ならすべてが他人事のようだった。

渡里の吐息が肩口に触れる。どんな怨《うら》みつらみを吐かれるのかと目を瞑った。

それなのに、春香の耳に届いたのは、殺しきれない嗚咽《おえつ》だった。

「くっそ……ちくしょう……！」

喉の奥で唸る渡里に、春香の鼻の奥がツン、と痛んだ。どいつもこいつも馬鹿だ。恋する相手を間違えるから、泣く羽目になる。

肩口に残された噛み痕が雫《しずく》に濡れて、渡里の唇が追いかける。大地を呼ぶ声が、何度も、何度も、春香の耳朶《じだ》を叩く。塩辛い雫が肩口に沁みて、春香の目を濡らした。

部室の小さな窓からは、遅くまで灯りが漏れ続けていた。

あとがき

『19歳のポルノグラフィ』を手に取っていただき、ありがとうございます。企画と編集を担当した江宮遥ともうします。この企画に取り組んだのは、文芸学科の二年生と三年生の女子学生です。書きたいと名乗りを上げた何人もが、今まで書いたことのないポルノグラフィというジャンルに苦戦しました。編集者も書き手も、本当に19歳だったのです。18歳の学生もいました。昨今の20歳前後の若者は以前に比べ非常に幼い精神をしていると指摘されますが、この九作品を書き上げる前は私達もその例に漏れずに幼かったのでしょう。

しかし、

プールに浮かぶ制服が、
空へ消えゆく煙草の煙が、
静まり返るシーツの波が、
石の割れ目から溢れる蜜が、
エクレアを咥える少女の唇が、
忘れていたはずの作文が、

ピアノと共鳴する彼女の吐息が、
クローゼットに潜む雌猫が、
歪な青春の愛憎と嫉妬が、
彼女達を大きく成長させ、モラトリアム期特有の思考の停滞を打破することに成功したと信じています。
書籍化にあたっては作家で文芸学科教授の山川健一先生のお世話になりました。
これが彼女達の第一作、魂と熱情を籠めた作品です。世間に染まらずまだ色を持たない創作者が、一人でも多くの人の心に自分の言葉を残すことを祈り描いた世界です。
この本に携わった全ての方に厚く御礼申し上げると共に、読者の皆様にはどうか若き作家達のさらなる活躍を見守っていただきたく思います。

二〇一七年十二月二十四日
東北芸術工科大学芸術学部文芸学科三年

江宮 遥

著者紹介

塩野 秋
1996年8月5日生まれ
出会いと別れ、いままでとはじめて。おわりとはじまりは正反対のように見えて繋がっているんじゃないかなって卒業式みたいなことを思って生きています。

相澤茉利奈
1997年2月16日生まれ
闇夜の中長い前髪をかきあげ、ベランダで一服する。そんな姿の似合う女になりたかった。

木村風香
1996年5月18日生まれ
もうどうなったっていいぐらい、シーツの海で溺れたいときもあります。他には何にも考えないで。

武田真子
1997年12月8日生まれ
僕は、彼女を醜いとは思わない。けれど、彼女は僕に抱かれた時に初めてその輝きを目に宿すのだ。

船渡奏子
1996年6月27日生まれ
エクレアを綺麗に食べるのは難しいです。

遠野花香
1997年4月22日生まれ
究極的に優しく女の子を辱めたい。

唯乃夢可
1997年5月2日生まれ
高校生活において美人なクラスメイトと出席番号が近いと班分けの時だいたい一緒になれます。

飯田みのり
1996年11月27日生まれ
小さい頃、かくれんぼが得意でした。押入れの中で布団を被ってしまえば、誰にも見つからなかったのです。

川村樹澄
1997年3月15日生まれ
最近嫉妬したことは、谷崎潤一郎の女の描写のエロさです。

藝術学舎設立の辞

京都造形芸術大学
東北芸術工科大学
創設者　徳山詳直

２０１１年に東日本を襲った未曾有の大地震とそれに続く津波は、一瞬にして多くの尊い命を奪い去り、原発事故による核の恐怖は人々を絶望の淵に追いやっている。これからの私たちに課せられた使命は、深い反省による人間の魂の再生ではなかろうか。

我々が長く掲げてきた「藝術立国」とは、良心を復活しこの地上から文明最大の矛盾である核をすべて廃絶しようという理念である。道ばたに咲く一輪の花を美しいと感じる子供たちの心が、平和を実現するにちがいないという希望である。

芸術の運動にこそ人類の未来がかかっている。「戦争と平和」「戦争と芸術」の問題を、愚直にどこまでも訴え続けていこう。これまでもそうであったように、これからもこの道を一筋に進んでいこう。

藝術学舎から出版されていく書籍が、あたかも血液のように広く人々の魂を繋いでいくことを願ってやまない。

19歳のポルノグラフィ

二〇一八年二月十五日　初版

著　者　塩野　秋　相澤茉利奈　木村風香　武田真子　船渡奏子
　　　　遠野花香　唯乃夢可　飯田みのり　川村樹澄

発行者　徳山　豊
発行所　京都造形芸術大学東北芸術工科大学 出版局 藝術学舎
　　　　〒一〇七―〇〇六一　東京都港区北青山一―七―十五
電　話　〇三―五二六九―〇〇三八
ＦＡＸ　〇三―五三六三―四八三七
発　売　株式会社 幻冬舎
　　　　〒一五一―〇〇五一　東京都渋谷区千駄ヶ谷四―九―七
電　話　〇三―五四一一―六二二二
ＦＡＸ　〇三―五四一一―六二三三
印刷・製本　株式会社シナノ

　ISBN 978-4-344-95355-2
定価はカバーに表示してあります。